Opal
オパール文庫

身代わりハネムーン
エリートパイロットと
初心な看護師は運命の愛に溺れる

御堂志生

プランタン出版

※本作品の内容はすべてフィクションです。

プロローグ

『大きくなったら、だーい好きな人のお嫁さんになりたい！』

小学一年生のころ、将来の夢を聞かれたとき、そんなふうに答えたことを覚えている。

その少し前、親戚のお姉さんの結婚式に招かれ、生まれて初めてウエディングドレス姿の花嫁を目にしたことが大きな理由だろう。

幸せそうな花嫁の笑顔と、お姫様のような真っ白のドレス。それは、女の子が憧れる夢そのものだった。

あれから十八年――。

(わたしの夢……叶ったのよね？)

今日、小鳥遊《たかなし》杏子《きようこ》は結婚式を迎える。

それも、日本有数のラグジュアリーホテルでの挙式披露宴。白を基調にしたロマンティックなブライズルームに佇み、ロココ調の三面鏡に映る自分の姿を見て……杏子は七回目のため息をついた。

鏡に映る自分の姿に不満があるわけではない。

それどころか、夢見たとおりのウエディングドレス姿の自分が、自分ではないみたいに思えるくらいだ。

普段の杏子はノーメイクに近いナチュラルメイクだった。

しかも、顔の土台からして華やかな造りではない上に、特別なお手入れもしていない。

そんな彼女が雑誌で見かけるような、ちゃんとした花嫁に見えるのだから……ヘアメイクしてくれた人には感謝の言葉しか浮かばない。

「ちょっとちょっと、杏子、どうしたの？　こーんなおめでたい日に、そーんな難しい顔しちゃったりして」

鏡越し、母の敦子《あつこ》がびっくりしたように目を丸くして、杏子の顔を覗き込んでいた。

だが、口調はいつもどおりやけに明るい。

「う……ん、なんか自分じゃないみたいで」

「なーに言ってるの！　あんたは母さんの若いころにそっくりなんだからね。美人さんなんだから、自信を持ちなさい！」

母は杏子を励ますように言いながら、肩をバンと叩いた。

とはいえ……それはあまりにも事実とかけ離れていて、励ましにならないだろう。

卵形の輪郭をした杏子は、父親似と言われることが多い。母は丸顔で、誰が見ても妹の舞子《まいこ》のほうがそっくりだ。

母も舞子も、美人というより、どちらかといえば可愛いタイプだった。

それは見た目だけではなく……二歳下の舞子の場合、泣いても、駄々をこねても、『可愛い』と言われる。第二子や末っ子にありがちな甘え上手で、失敗したときも、笑って『ごめーん』と言うだけで許されてしまう可愛さだった。

なんにせよ、舞子を羨ましいと思ったのは一度や二度ではない。

（そういう性格も母さんそっくりなのよね、舞子は）

何ごとも真剣に、深刻に考えてしまう杏子にとって、母や舞子の態度は不真面目としか思えない。

ブライズルームにいるのが母と杏子のふたりきりなら――『茶化さないでよ。わたしは真剣に悩んでるんだから』と言い返したことだろう。

だが――。

「ええ、ええ、お母様のおっしゃるとおりですよ。杏子さんはいつも美人さんですけど、今日は特別に綺麗だわ」

ここには、本日のもうひとりの主役である花婿、瀬戸《せと》達也《たつや》の母がいた。

間もなく姑になる女性に褒《ほ》められたのだから、笑顔で答えないわけにはいかない。

「ありがとうございます、お義母様」

「本当に、達也さんにはもったいないくらいの花嫁さんね」

黒の留袖姿で上品な笑みを浮かべながら、ハンカチで目元を押さえていた。

達也の母は専業主婦だ。それも、短大を出てから一度も働いたことはないという。そのせいか、実におっとりした印象の女性だった。言動にも余裕があり、上品な立ち居振る舞いが自然に身についている。上流階級の出身ではないと言っていたが、達也の父が商社勤務で、生活がハイクラスで安定していることも大きいのだろう。

一方、同じような黒留袖を着ていても、杏子の母は……全くしんみりしたところがなく、とても花嫁の母とは思えない。長年、助産師として働いてきたせいか、小柄なくせにやたら声が大きく、非常に逞しい。

「とーんでもない！　達也さんみたいな立派な人に出会えて……でかした！　と言ってやりたいくらいですよ」

母の言葉は杏子の胸をいっそうざわめかせる。

(でかした！　って言うのはやめて。本音はそうかもしれないけど、でも、母親なんだから、結婚式でナーバスになってる娘に気づいてよ)

杏子が恨みがましい目で母を睨《にら》んだとき、扉がノックされた。

チャペル担当の女性スタッフと花嫁介添人が顔を出し、「そろそろ挙式のお時間ですので」と告げる。

女性スタッフは続けて、

「お婿様がどちらにいらっしゃるかご存じでしょうか？　控え室やロビーにいらっしゃらなかったので、こちらだと思ったのですが」

そう言われたとき、杏子にはたいしたことには思えなかった。

お互いの母親たちも同じ気持ちだったのだろう。

「あの子ったら、ふらふらとどこに行ったのかしら？」

「お手洗いじゃないの？　お婿様だって、緊張くらいしますよ」

そんな杏子の母の言葉に、女性スタッフは小さく笑った。

「そうかもしれませんね。では、紳士用を確認してもらえるよう、男性スタッフにお願いして参ります」

女性スタッフが出ていくと、母親たちも「先に行きますね」「頑張って！」と口々に言い、チャペルに向かう。

しばらく時間を空けて、

「お時間になりましたね、お嫁様も参りましょうか」

花嫁介添人の案内に従って、杏子もブライズルームをあとにしたのだった。

チャペルで真っ先に顔を合わせるのは、バージンロードを一緒に歩くことになっている父だろう。

父は母と違って口数も少なく、いるのかいないのかわからないくらい、静かなタイプだった。声を荒らげて怒ることもめったになく、達也が結婚の挨拶《あいさつ》に来たときも、冷静沈着に応対していたことを覚えている。

結婚式前夜、杏子は両親に型どおりの挨拶をしたが……。

『結婚を機に、おまえはうちで働くことに決めたんだろう？　達也くんも今の勤務を続けながら、うちにも慣れていってもらうことになる。これからのほうが、よっぽど顔を合わせることになるんじゃないか？』

父はやけに落ちついた様子でそんなふうに言っていた。

父以外の家族はすでにチャペルの中で着席しており、達也も祭壇の前で杏子を待っているはずだ。

ドレスの裾を花嫁介添人に持ってもらい、杏子は神妙な面持ちで廊下を歩いた。

チャペルに向かうため角を左に曲がろうとしたとき——。

「どうしてよ!?」

チャペルとは反対側、右の奥の部屋から、このおめでたい日に似つかわしくない、ただならぬ女性の声が聞こえてきたのである。

「親と話し合ってるとこだから、待っててくれって言ったじゃない！　今日までには絶対、決着をつけるって！」

杏子はその声に聞き覚えがあった。

それは間違いなく、妹、舞子の声だ。

右側の奥には、花嫁の親族控え室があったように思う。そこから舞子の声が聞こえてきてもおかしくはないが……。

(まったく、あの子ったら、こんなところで誰とケンカしてるの？　ああ、もう、チャペルに入ってる時間じゃない)

舞子が話している相手は男性のようだ。

ボソボソと答える声は聞こえるが、何を言っているのかまではわからない。

「それじゃ、困るの！　だって、あたし……」

杏子は花嫁介添人に少し待ってもらうよう頼み、控え室に近づこうとする。

「待って！　待って、行かないで」

泣きそうな舞子の声が聞こえた直後、控え室の扉が開き——初めて、相手の男性の声が聞こえてきた。

「とにかく、今日の結婚式だけは終わらせなきゃならないんだ。頼むから、駄々をこねて僕を困らせないでくれ。君のことはちゃんと考えてる。悪いようにはしないから」

その声を聞いた瞬間、杏子は呼吸が止まった。

そして、続く舞子の言葉に、今度は鼓動までも止まりそうになる。

「妊娠したの！　あなたの子よ」

「まさか……嘘だろう？　そんなこと、急に言われても……」

「嘘じゃないわ！　昨日わかったの……だから、お姉ちゃんじゃなくて、あたしと結婚して。お願い、達也さん！」

開いた扉がゆっくりと閉まっていく。

グレーのフロックコートを着込み、フチなしメガネをかけた達也と、水色のショートドレス姿の舞子が姿を見せ――。

その瞬間、杏子の夢は砕け散った。

第一章　おひとり様ハネムーン

——自分以外の人間が操縦する飛行機に乗るのは、業務中《デッドヘッド》の移動以外で何回目だろう。

二日前、ここ羽田《はねだ》空港に着いたときと同じことを、桜木大輔《さくらぎだいすけ》は考えていた。

休暇を取って……いや、無理やり取らされて、日本に来る羽目になった。

せめて休暇の半分、一週間は時間を潰すつもりでいたのに、たった二日でこの国を去るべく羽田空港に戻ってきてしまったのだから……。

大輔にとって、世界中で日本ほど居心地の悪い場所はない。

とはいえ、彼が日本人ということは動かしようのない事実だ。日本で生まれ育ち、国籍も日本にある。ただ、高校を卒業すると同時に出国して以降、一週間と続けて日本に滞在したことはなかった。

理由は簡単——彼には日本に帰る家もなければ、家族もいない。会いたい人も、懐かしさを感じるような思い出も……何もない。

それどころか、この国にあるのは忘れたい過去ばかりだ。

(居心地が悪くて当然だな。結局、墓参りをしただけだし……クソッ！　わざわざ、日本なんかに来るんじゃなかった)

大輔は搭乗ゲート近くの椅子に腰を下ろし、ため息をつきながら、数日前のことを思い返していた。


イギリスのマンチェスター大学を卒業し、中東の小国、トルワッド国国営のハリージュ航空に入社して、パイロットになって十二年。

その間、世界トップクラスの航空会社、アジアパシフィック航空にスカウトされ、香港《ホンコン》に移住してからは六年が経つ。

三十五歳という年齢で飛行時間は軽く一万時間を突破。

日本国内の航空会社なら、機長になれるかどうかという年齢で、彼はすでにベテランパイロットの域まで達していた。

大輔にとって仕事はすべてだ。とくに、パイロットとして飛行機を飛ばすことに人生を懸けている。会社が独自に定めた、年間飛行制限時間のギリギリまで飛んでいるのもその証だろう。プライベートの飛行はその制限時間適応外なので、さらに数百時間は余分に飛んでいた。

もちろん、そのための健康管理は怠らない。

タバコはパイロットとして採用されたことをきっかけに禁煙。酒も嗜《たしな》む程度。マンションに設備された室内プールやスポーツジムで、空いた時間は過ごしている。

ひたすら仕事に打ち込んでいた大輔だったが、それが今回、裏目に出る結果となった。

「検査はすべてパスしたんだ！　それが、新しいカウンセラーの直感？　そんな不確かなものでストップがかかったなんて……冗談じゃない！」

アジアパシフィック航空では年に一回、航空身体検査がある。

航空身体検査とは、人間ドックに眼科や耳鼻科の検査をプラスし、さらに精神科の問診まで加えたような検査だ。厳しい合格ラインが設定され、一ヵ所でもそのラインを下回れば、即刻、パイロット業務にストップがかかる。

以前はこの検査が半年に一回だったが、大輔はこれまで一度も引っかかったことはない。ところが今回から、精神科の検査が医者による問診だけでなく、心理カウンセラーのカウンセリングによる所見が加わり……彼はそれに引っかかった。

「おまえの言いたいことはわかる。だが、心の病は本人の申告なしでは判明しづらいものだ。問診だけでは自殺願望を見抜けず、大惨事を招いた例もある」

そう答えたのは、内部安全監査室のジャック・スティーヴン・ディンブルビー室長だ。

ジャックは四十代半ばのイギリス人で、大輔と同じマンチェスター大学の卒業生だった。銀髪で見るからに英国紳士という風貌をしていた。年齢こそ十歳も離れているが、大輔のよき理解者であり、数少ない友人ともいえる。

六年前、大輔の飛行技術の高さに目をつけ、スカウト対象として上層部に推薦してくれたのも彼だった。

「この俺に自殺願望がある、と?」

「いや、そうじゃない。だがカウンセラーが、キャプテン・サクラギのプライベートには遊びの部分が足りない、と言うんだ」

その点は大輔も説明を受けた。

三十代半ばで結婚もせず、バカンスと呼ばれるような長期休暇を一度も取ったことがなく、飛行機を飛ばす以外の趣味もない。ひたすら仕事に打ち込んでいる、と言えば聞こえはいいが、仕事中に受けるストレスを解消する場がない人間は、気づかないうちに追い詰められているケースもあるのだ、と。

もっと家族や恋人との時間を持つべきだ。そして仕事以外の楽しみを作り、豊かな人生を送ることが、仕事の充実に繋がる、といったご高説を拝聴した。

(大きなお世話だ。クソカウンセラーめ！)

口にすれば、さらに評価を下げそうな言葉を胸の内で毒づきながら、

「よーくわかった。次のカウンセリングでは、仕事の合間に可愛い恋人とクラシックのコンサートに行くのが趣味です、と答えたらいいんだろう？」

「ダイスケ……嘘はいけない」

「じゃあ、ステイ先ではＣＡと、香港に戻ってきたときはグランドスタッフと、足りない部分を補うため、楽しいセックスでストレス発散していますので、どうぞご安心を――これでいいか？」

腹立ち紛れに答えると、ジャックは両手を上げて大きく息を吐いた。

「今ならカウンセラーの意見は参考程度だ。彼女の助言に従って、二週間の休暇を取るだけで戻ってこられる。だが、これをもとに上から正式な命令が出たときは……おまえは一ヵ月もシフトから外された挙げ句、再検査を受けて合格しなくてはならない。さあ、どっちがいい？」

大輔に選択権はないも同然だった。

（そもそも、家族だなんだと言われることが、俺にとってはストレスなんだ。それすらもわからないのか？　カウンセラーのくせに）

考えれば考えるほど憤懣《ふんまん》やる方なく、ため息は増える一方だ。

大輔は苛立ちを抑えきれず、頭を掻《か》きむしった。

そのとき――。

「大丈夫ですか？　ご気分が悪いようなら、空港スタッフを呼んできますよ。それとも、お連れの方がいらっしゃいますか？」

慈愛に満ちた声が頭上から降り注がれた。

彼はハッとして顔を上げる。

目の前に聖女が――いや、若い女性が立っていた。彼女は前屈みになり、こちらの様子を窺っている。

おそらく二十代。髪は額出しのロングヘア、サイドにレイヤーが入り、毛先を緩く内巻きにしている。色は真っ黒ではなく、ダークブラウンだ。彼の目の前にサラサラと落ちてきた髪は柔らかな絹糸のようで……思わず触れそうになった。

（こらこら、何を考えてる）

咳払いして、視線を彼女の顔から下に向ける。

ごくシンプルな紺色のスーツを着ていた。胸の形やボリュームはよくわからないが、膝上のタイトスカートからすらりと伸びた脚は、飛びつきたいほど魅力的だった。

（やさぐれた俺に、癒やしの女神か？　頑張ったご褒美《ほうび》とか？）

頭の中がファンタジーになりかけたとき、ローヒールの黒いパンプスが目に留まった。

上から下まで地味な……シックな服装で統一している。彼女にとってこのフライトはバカンスではなく、ビジネスではないか、と思った。

そのとき、彼女はさらに顔を近づけてきて、

「わたしの声、聞こえますか？　何か話せますか？　あ……ひょっとして、日本の方じゃないのかしら？」

何も答えない大輔が、外国人なのではないか、と思ったらしい。

彼女の顔に浮かんでいるのは、普段見慣れている女性の媚《こ》びるような笑顔ではなく、ただただ、心配そうな表情だった。

大輔はさりげなく彼女の左手薬指に指輪のないことを確認し、居住まいを正した。

「いや、大丈夫……意識ははっきりしてるし、気分も悪くない。それに、日本語もわかるから、安心してくれ」

可能な限り礼儀正しい日本語で、笑みを浮かべて答える。

次の瞬間、彼女はぱあっと花が開くように笑った。

その笑顔を見たとき、まるで生まれて初めて女性の笑顔を見たような……そんな不思議な気分に囚われた。

大輔がボーッとみつめていると、

「ああ、よかった。せっかくの海外旅行ですものね。ずーっと難しい顔をして、ため息ばかりついておられるので、男の方だから我慢していらっしゃるのかと……すみません、お邪魔してしまって」

彼女は軽く会釈して立ち去ろうとする。

「ちょっと待ってくれ！　あ、いや……実を言えば……さっきから、気になっていることがあるんだ」

衝動的に彼女を引き止めてしまう。

だが決して思いつきではない。実際に、この椅子に座ったときから、否応なしに目に入ってしまい……困っていることがひとつあった。

それは正面の席に座るカップルだ。

ふたりとも大輔より若い。同じ便でヨーロッパへのハネムーンに出発しようとしている新婚カップルだろう。ふたりは普通に並んだベンチをカップルシートのように思っているらしく、先ほどからずっと、身体を寄せ合ってイチャイチャしていた。

時折キスするくらいなら、まだ許せたが――。

「あのふたり、彼女の膝にショールをかけて隠しているつもりらしいが……男の手がその下で動いていることがバレバレだろう？」

この数分間で――カップルの女性は見る見るうちに顔を赤くしていった。手で口元を覆っているのは、荒々しい息遣いや声を隠しているつもりなのだろう。しかし、視線を向ければ何をしているのか丸わかりで――。

といった具合に、公衆の面前にもかかわらず、行為はエスカレートする一方だった。

「同じ便にハネムーンツアーが組まれているんだろうな。あのふたりほどじゃないが、あっちもこっちも似たような新婚カップルばかりだ。独り者には目の毒で、ため息のひとつもつきたくなるさ」

「……ハネムーン」

彼女はそう呟《つぶや》いたまま、呆然と立ち尽くしている。

（女神様には刺激が強かったかな？　でも、休暇の予定はまだ一週間以上残ってるんだ。この際、久しぶりに気に入った女の子を口説いてみるのも悪くない）

何もかもが鬱陶《うっとう》しいと思っていた心に、優しくて暖かな光が射し込んできた。どん底まで沈んでいた気分が、その光を目指して一気に浮上してくる。

「新婚なんて、今が一番燃え上がっている時期だから、仕方ないんだろうけど」

どの新婚カップルも、わずか数センチすら離れていたくないとばかり、身体のどこかをぴったりとくっつけている。

ほんの数分前までは、サカリのついた猫じゃあるまいし、と大輔には不快感しかなかった。

ところが、目の前に女神が降り立ったとたん、羨ましく思えてくるのだから……人の心は不思議だ。

「こうして目の当たりにすると、なんだかあてられてね。ところで——君もフランクフルトで乗り継ぎだろう？　出発まで時間があるようなら、ドイツビールの一杯でも奢《おご》らせてくれないか？　親切にしてもらったお礼だ。ああ、別に怪しい者じゃない。私は——」

誘惑モード全開で、大輔は紳士的な言葉遣いを続ける。

そして、普段なら隠す職業も、正直に名乗ろうとしたが……。

「そう、ですよね……結婚式前後なんて、愛し合うことに夢中になって、燃え上がるものですよね」

「え？　ああ、でも、自分自身の経験じゃないから、絶対とは言えないが」

「いいえ、あれが普通なんですよ。人の目なんて、気にならないくらいでないと……結婚する資格はないのかも」

あまりにも深刻そうに言うので、大輔は面食らってしまう。

（これは……失恋したばかり、といった風情だな）

落ち込む女性を目の前にして申し訳ないが、彼にとっては幸運といえる。

「ひょっとして、男にそう言われたのか？　だったら、そんな男と結婚しなくてラッキーだ」

「……ラッキー？」

その声はまるで、やっと大輔の存在に気づいた、といった感じだった。ハッとしたように彼に視線を向け、潤んだ瞳でジッとみつめる。

それだけのことに、大輔は信じられないくらい息苦しくなっていく。

「ああ、いや、だから……あんなふうに、ノリノリで楽しむならともかく、嫌々付き合うことじゃない。断られたくらいで結婚しないと言い出す男なら、別れて正解だ」

わざとゆっくり脚を組みながら答えると、とたんに彼女は頰をピンク色に染めた。

「あ、あの……わたし……」

「ひとり旅かな？　よかったら――」

「いえ、実は……わたし、あの人たちと同じツアーなんです」

「は？」

ずいぶん間の抜けた顔をしていたことだろう。

大輔が彼女に問いかけようとしたとき、搭乗口から少し離れた場所で声が上がった。

「東都《とうと》ツーリスト、英国ハネムーンツアーの皆さん、こちらにお集まりくださーい！」

添乗員らしき女性が声を張り上げる。

「あ……すみません。わたし、もう行かなくちゃ。あの人たちには、人目のあるところでは気をつけてもらえるよう頼んでおきますので……それじゃ」

頬を初々しい色に染めたまま、彼女は会釈して、小走りに駆けていく。

なんの特徴もない紺色のスーツは、すぐに大勢の人波に飲まれ……彼女の姿が見えなくなり、大輔はおもむろに目を閉じた。

今どきの新婚は、指輪などつけないものなのかもしれない。そんなことにすら気が回らず、ハネムーン中の人妻を口説いてしまうとは――。

「ったく、俺もヤキが回ったもんだ」

こんなこと、認めたくはない。だが、呟かずにはいられないくらいショックを受けている自分に驚いていた。

だが、そもそも慈愛に満ちた聖女など、この世には存在するはずがない。

これまでの人生から考えて、誰が自分にご褒美をくれると思ったのだろう?

予定外の退屈で怠惰な日々が見せた白昼夢。そんなふうに気持ちを切り替え、大輔はふたたび、心の奥底へと意識を沈めた。

☆　☆　☆

「あ……」

「えっ？」

ボーイング七四七――乗員乗客合わせて四百人弱、フランクフルトまではドイツと日本の航空会社のコードシェア便を利用するとツアーのパンフレットに書いてあった。

同時に、ペアシートは確約されたものではありません、とあったため、わざわざ追加料金を払って二列席を確保してもらったのだ。

杏子は窓側の席に座り、キャンセルされてポッカリ空いた隣の席をみつめた。

ひとりでハネムーンツアーに参加したことを、少しだけ後悔し始めたとき、空いた席の横にひとりの乗客が立ち止まった。

とっさに顔を上げると、そこには杏子が搭乗口近くで声をかけた男性が立っていた。

彼に声をかけようと思ったのは、深いため息をつきながら、髪を掻きむしる仕草が気にかかったせいだ。

服装は黒のテーラードジャケットに黒のパンツ、横に置いた四輪のキャリーケースを見たときはビジネスマンだと思ったが……。

彼に近づいたとき、ジャケットの下がワイシャツとネクタイではなく……サーモンピンクのTシャツというラフなスタイルにびっくりした。

それを見る限り、休暇を取って気ままなひとり旅、といった風情なのに、表情からは真逆に思えてならず……。

　声をかけ、大輔のため息の理由を聞いたとき、

『新婚なんて、今が一番燃え上がっている時期だから、仕方ないいんだろうけど』

　杏子は軽く頭を殴られたような衝撃を受けていた。

　ハネムーンツアーといっても、団体で旅行する以上、ごく普通の海外ツアーと変わらないはずだ――そんな新婚カップルに対する認識の甘さを思い知った。

　少しの気まずさと不思議な高揚感を覚えつつ、杏子は軽く会釈する。

「えっと、先ほどはどうも……」

「いや、こちらこそ」

　彼は戸惑いを露わにしながら、ぎこちない笑顔を見せた。

　慣れた様子でキャリーケースを上の収納棚に乗せようとして、ふいに手を止め、こちらに声をかけてくる。

「よけいなことかもしれないが……もし、なんらかのアクシデントで、ご主人と席が離れたのなら、私は交代してもかまわないんだが」

　一瞬、なんのことを言われているのかわからなかった。

　だが、そういえば杏子は自分からハネムーンツアーに参加している、と告げた気がする。

　彼も当然、杏子のことを新婚カップルと思ったことだろう。

（っていうか、思わないほうが嘘よね？　やだ、恥ずかしい）

適当にごまかすわけにもいかず、杏子はうつむきながら答えた。

「いえ、夫はいません。わたしは……ハネムーンではありませんので」

「そう、なのか？　だが、英国ハネムーンツアーと聞こえたような……ああ、ひょっとして、添乗員の見習い、とか？」

思いがけないことを聞かれ、杏子は顔を上げて彼の顔を見た。

搭乗口で声をかけたときも思ったが、彼はなんて澄んだ瞳の持ち主なのだろう。裏も表もない、後ろめたいことなど何もない、といったまなざしをしている。

永遠の愛を誓う予定だった達也は、どんな目をしていただろうか？

思い出そうとしても、思い出せない。心が彼との思い出をシャットアウトしているのか、それとも、本当に覚えていないのか……。

杏子は頭の中から達也を追い出し、あらためて目の前の男性に意識を向けた。

「わたしが、添乗員？」

「きちんとしたスーツを着ているし、パンプスも実用的なものだ。添乗員じゃないなら、東都ツーリストの新入社員で自社ツアーの体験実習ってとこかな？」

機内で二度目に顔を合わせたとき、彼の表情からは憮然《ぶぜん》としたものを感じた。

でも今は、表情が明るくなって……しかも饒舌《じょうぜつ》だ。

「ただ、本音を言えば、私の予想が外れてくれたほうがありがたい。このフライトが君にとってビジネスではないことを願ってる」

「あ、ありがたいって……それって……あ、あの、あなたっていったい」

彼は荷物を収納棚にしまうと、隣の席に座り、手を差し出してきた。

「桜木だ、桜木大輔。日本人だが、今は仕事で六年ほど香港に住んでる。――君は？」

杏子のほうは少し躊躇《ためら》ったあと、大輔の手を軽く握った。

「小鳥遊……杏子です」

「杏子さん？　古風な名前だが、しとやかな君によく似合ってる」

その瞬間、子供時代のことを思い出した。

『なんか昭和っぽい名前だよね』

『うちのおばあちゃんの名前と一緒だ』

名乗るたび、みんなに同じようなことを言われたのだ。

大輔の言い方だと、褒めているように感じるが、実際のところは……名は体を表す、と言いたいに決まっている。

だが、杏子はこれまで、人間関係の揉《も》めごとは避けて生きてきた。ムッとしても衝動的に声を荒らげたりせず、最悪の場合、自分が折れることで人と付き合ってきたのだ。

今回もいつもどおり、笑顔でお礼を言って聞き流せばいい……そう思うのに、

「そんな、わかりやすいお世辞はやめてください。地味なわたしに似合いの、古臭い名前だって……ちゃんと言ってくださったほうがまだマシです」

どうしたことか感情がコントロールできず、苛立ちを声に出してしまう。

「ひょっとして、自分の名前が嫌いなのか？」

「嫌いとまでは……でも、好きじゃない、です」

「まあ、俺も自分の名前は好きじゃない」

その返事すら、無理やり合わせてくれたようにしか聞こえない。

「どうして、ですか？　大輔さんって聞くと、とっても爽《さわ》やかで人気のある名前だと思いますけど」

「そりゃそうだろう。俺が生まれた前年の、一番人気の名前を付けたって話だから」

突き放すような返答だった。

杏子が名前に嫌な思い出があるように、大輔にも同じような経験がありそうだ。

これ以上、何も言うべきではない。わかっていながら、今の杏子はまるで、長く胸に抑え込んできた鬱憤《うっぷん》を目の前の男性にぶつけてみたい気持ちになっていた。

どうせ、飛行機を降りたら二度と会うことのない人だから、と。

「それは……でも、それでもやっぱり、子供の名前には……ご両親のいろんな思いが詰まっていると思うから」

口にすることで、居心地の悪さが倍増する。

杏子が思い直し、『ごめんなさい、言い過ぎました』そう言おうとしたときだった。

「じゃあ君の名前はどうなんだ？　ご両親の思いは詰まってないのか？」

「……」

大輔の口調は、ふいに攻撃的なものに変わった。

きっと、彼を怒らせたのだ。杏子は謝罪するタイミングを逃し、何も答えないまま、窓の外に視線を移す。

そこに見える暗闇は、杏子自身の心の中を覗き込んでいるかのようだ。

（わたしったら……。この人は、親切で声をかけてくれたのに。苛々をぶつけるなんて、情けない）

杏子が大きなため息をついたとき、飛行機が誘導路を自力で走行し始める。

長い誘導路を抜け、ようやく滑走路へと進み……滑走路の中央に到達するなり、一気にエンジンのパワーが上がった。

轟音《ごうおん》を響かせて、大きな翼を持つ巨体が滑走路を駆け抜けていく。

（もう、離陸なの？　これで二回、違った、飛行機が飛び立つ瞬間を経験するのは三回目だわ。ああ、何も起きませんように。大きく揺れませんように）

杏子が初めて飛行機に乗ったのは、高校の修学旅行で沖縄《おきなわ》に行ったときだ。

その際、帰路の便で機体が大きく揺れ——。コックピットからのアナウンスも妙にアタフタして聞こえ、落ちるのではないか、と真剣に思った。

あのときから、飛行機は危険な乗り物、という感覚が杏子の中から消えない。

そんなこともあり、次に飛行機に乗るのはハネムーンのとき、と決めていた。愛する夫と一緒なら、そんな恐怖も消え去るだろう、そう思っていたのに。

(大丈夫、大丈夫よ。ひとりだって平気。わたしには愛する夫なんて、いないんだから……もう、一生できないかもしれない)

クッと唇を噛みしめたとき、大地から車輪が離れ——機体がふわりと宙に浮いた。

それは、かろうじて地面と繋がっていたのが、引き離された瞬間だった。

とたんに視界がグラグラと揺れ始め、無意識のうちに呼吸が速くなっていく。慌てて目を閉じるが、暗闇は逆に恐怖を増しただけだった。

何かに縋《すが》りたくて……杏子は自らのスカートを握りしめる。

そのとき、温かい手が彼女の手の上に重なった。

「大丈夫だ。何も起きない。エンジン音にはなんの問題もないし、この七四七のシリーズはトラブルの少ない安全な機体だ」

轟音の中、耳に滑り込んできたのは、自信に満ち溢れた声だった。

離陸直後の気圧の変化で耳は聞こえにくく、とてもささやくような優しい声とは言えないが――。

「七四七にはジャンボジェットの愛称があって、多くの男の子にとって憧れの飛行機だった。中でもこいつは、航空機関士《フライトエンジニア》なしで飛べることから、ハイテクジャンボと呼ばれてる。まあ、今の日本の航空会社には、存在しない技術職だけどね。こいつが導入された九十年代、旅客機の歴史を劇的に進化させた、と言われたんだぞ」

大輔は熱心に飛行機の説明を始める。

杏子も彼から目が離せなくなり、彼の言葉に相槌《あいづち》を打った。

「ジャンボジェット……は、聞いたこと、あります。そんな、すごい飛行機なんですね」

「ああ、すごいヤツなんだ。初期のジャンボと比べて、こいつが見た目で一番違うのはウイングレットと呼ばれる部分だ。ほら、主翼の先端が上に向いているのが見えるか？　あれがウイングレットで、あるとないとでは、ずいぶん空気抵抗が違うんだ」

紙飛行機を作ったとき、羽の先端を上に折り曲げる。そのほうがより遠くに飛ばすことができる。それは実際の飛行機と同じ原理だ――と言われるが杏子にはよくわからない。

「紙飛行機と同じ……」

「そうだよ。子供のころに作らなかったか？　本物の飛行機の場合、燃費効率がグッと向上して、より多くの人が気軽に海外旅行に行けるようになった、と教わったことがある」

そういえば、男の子たちは飛行機が好きだ。

紙飛行機だけでなく、プラモデルやラジコンの飛行機、兄弟がいればもっとよくわかっただろう。

だが、ふたり姉妹の杏子には想像することしかできない。

「あの……桜木さん、でしたっけ？　どうして、そんなに詳しいんですか？」

かつては男の子だった大輔も、同じように飛行機に憧れたのだろう。

だが、それだけとは思えないほど、彼は飛行機についてやけに詳しかった。

「言ってなかったっけ？　これでも現役のパイロットなんだ」

「じゃあ、詳しくて当然ですね」

杏子の心はしだいにほぐれてきて、ごく自然に笑みが浮かんだ。

ふと気づくと、飛行機は水平飛行に近くなってきていた。エンジン音もだいぶ落ちつき、耳の詰まるような感覚からも解放されてくる。

「ちなみに、俺が仕事で操縦しているのは違う機種だけど、いざとなったらジャンボも飛ばせる。安心していいよ」

「えっと……いざとならないほうが、嬉しい気がします」

「たしかに」

ふたりは顔を合わせて笑った。

大輔の笑顔には不思議な安心感を覚える。傷ついた心が癒やされていくような、穏やかな温もりを感じるのだ。

彼の目的地もマンチェスターだと聞いたとき、

（乗り換え便の隣の席も、この人だったらいいのに）

そんなことを思う杏子だった――。


杏子の実家は練馬区《ねりまく》で〝小鳥遊産婦人科〟という個人病院をしていた。産婦人科医の父、暁《あきら》で三代目。父と母は結婚してちょうど三十年。母は結婚後に助産師の資格を取ったという。

子供は娘がふたり。

杏子は四代目となるべく医学部を目指したが……。

目標とする大学の医学部に合格することができず、すぐに看護師となるべく方向を変えた。そして、大学の看護学科を卒業したとき、実家には戻らず、実習先の病院に就職を決めたのだった。

実家だと、周りは長年見知った顔ばかりだ。一般の新人看護師と同じように指導すると言われても、双方に甘えが出てくるのは目に見えている。

外の病院に勤めることに、母は反対したが、父は賛成してくれた。

結果的に杏子の判断は正しかったと言える。

そこは成育医療の国内最先端を誇る病院だった。杏子は丸三年間で出産に関することだけでなく、不妊治療から新生児医療まで幅広く学ぶことができた。

それだけではない。

同じ病院に勤務していた六歳上の産婦人科医、瀬戸達也と出会い、結婚を前提として交際を始めたのが昨年夏のこと。半年の交際期間を経て、今年の春に正式なプロポーズ、結納、婚約とトントン拍子に話は進み——九月の吉日に晴れの日を迎えた、はずだった。

達也は商社マンの息子に生まれ、自らの意思で医学部を選んだ人だ。

しかも、なり手の少ない産婦人科を専門にして五年。着実に経験を積み、病院内でも責任感のある優秀な医師で通っていた。

仕事以外の部分でも……母親に似た上品さを醸し出しているせいだろうか、男性特有の下品さがなく、看護師たちの間でも評判は上々だった。

あとになって思えば、上手く猫をかぶっていただけ、としか思えないが……。

だが、その柔和な容姿は診察のときも功を奏していた。若い男性医師というだけで妊婦たちから避けられるという話も聞く中、達也だけは逆に指名されることもあったという。

そんな達也に、結婚を前提とした交際を求められ——。

病院内でも人気のドクターに交際を申し込まれた、という優越感と、それはおそらく自分が個人病院の後継ぎ娘だから、という劣等感が一緒に浮かんだ。

だがそれ以上に――達也の申し出を受けたら、今度こそ親の期待に応えることができる、と考えてしまった冷静な自分がいて、そのことに後ろめたさも感じていた。

(あのとき、ホッとしたのよね……あれって、恋に落ちたっていうのとは、違うんだろうなぁ……たぶん)

達也に初めて手を握られたとき、杏子はドキドキした。

だが、初めてキスされたときは……その先にあることのほうが気になって、ドキドキがソワソワに変わった気がする。

それは時間が経っても変わることがなく、付き合い始めて一ヵ月も経たないころ、杏子のほうから提案したのだ。

『結婚前の妊娠だけは……したくないの。それに、女性の身体に安全日はないって、あなたも知ってるでしょう?　ああいうことは、結婚してからじゃ……ダメかな?』

産婦人科医の勤務時間は半端なく長い。担当する妊婦の陣痛が始まれば病院から離れるわけにもいかず、それが重なれば仮眠の時間すら取れなくなる。

仕事で疲れている達也なら、セックスに割く余力などないように思えた。

彼に抱かれたくないというわけではない。二十代前半の女性として、セックスに対する興味は当然ある。ただ、どうしても妊娠に対する不安が拭えないだけだ。

杏子は達也から反論されたときのことを想定し、自分の言動に対する言い訳を必死で考えていた。

だが達也は——。

『君に合わせるよ。妻にする女性は、それくらい慎み深いほうが安心だからね』

拍子抜けするくらい、あっさりと受け入れてくれたのだった。

（本当は不満だったっていうなら、あのとき言ってくれたらよかったのよ。それなのに、まさか舞子となんて）

達也は不満などおくびにも出さず、婿養子に入ることまで承知してくれた。

彼の父が三男で、苗字を残す、という責任がなかったことも大きい。彼のご両親から、医者になった優秀な息子が開業医の後継者となれるなら、と言われたとき——。

自分はこんなに大切にしてもらっている、と。妻になる、息子の嫁になる女性として望まれている、と思えた。

その思いは、杏子の中から後ろめたさを消してくれた。

そしてそれは、ふたりの間にも穏やかな愛情を育める、と信じさせてくれるのに充分なもので……。

杏子と達也の間に、燃え上がる〝何か〟はなかった。

それでも、付き合っていけば、結婚すれば、新婚生活が始まれば……いつかは自分も

〝何か〟を知る日がくるだろう、と。

映画や小説とは違い、現実はこんなふうに結婚を決めるものなのだと、結婚式当日までかけて、ようやく自分を納得させたところだったのに――。

「皆さーん、待ち時間は三時間ありますが、長いように思えて、あっという間に過ぎてしまいます。ですから、こちらのラウンジでお待ちいただくか、ショッピング程度にしておいてくださいねーっ！」

添乗員、笠松美穂《かさまつみほ》の声が耳に入ってきて、杏子はハッとして我に返った。

深夜に羽田空港を出発し、十二時間以上を機内で過ごした。そして同じ日の早朝、フランクフルト国際空港に到着したのである。

羽田空港も広く感じたが、フランクフルトの空港はもっと広い。

今からターミナルを移動しますと言われ、杏子は必死で同じツアーバッジをつけた人たちのあとを追いかけた。なんといっても初めての海外旅行だ。一度でも見失えば、そのままはぐれてしまいそうで怖い。

「杏子ちゃん、大丈夫？」

保安検査を終えたあと、美穂から声をかけられた。

美穂は同じ高校の二年先輩だった。成績優秀で生徒会の副会長をしていた。杏子は美穂と入れ替わるようにして生徒会に入ったため、丁寧に引き継ぎをしてもらったことを覚えている。

美穂が高校を卒業して、それ以来になっていたが、東都ツーリストにツアーの申し込みに行ったとき、偶然、再会したのだ。

そのときまで、ハネムーンの行き先は、達也の推すニューカレドニアと、杏子が希望していたイギリスのどちらを選ぶか、決めかねていた。

だが今回の結婚に関して、披露宴の会場や挙式スタイル、料理の内容から引き出物まで、ハネムーン以外のほとんどが達也や彼のご両親、あるいは杏子の両親の希望に添ったものだった。

美穂と再会し、しかも〝英国ハネムーンツアー〟添乗員が彼女と知り、杏子はどうしてもイギリスに行きたいと主張した。

『めったにない長期休暇だから、海でのんびりしたかったのに』

ブツブツ言い続ける達也に、ハネムーン費用は杏子が全額払うと言い、ようやく承諾してもらったのである。

(旅行先を言うとおりにしなかったことも、わたしより舞子を選んだ理由のひとつだったのかな?)

落ち込んでしまいそうになり、杏子は慌てて頭を振った。

「大丈夫です。でも……すみません。やっぱり、ハネムーンツアーにおひとり様なんて、浮きますすよね?」

気になっていたことを口にして、杏子は頭を下げる。

あのとき——挙式直前の修羅場に、誰もが冷静さを失っていた。

とくにショックで気絶していた達也の母は、意識を取り戻すなり……どうしてもこのまま結婚式はできないと言い張る杏子に、信じられないことを口にしたのだ。

『杏子さんが結婚したくないと言うなら、お嫁さんは舞子さんでいいじゃないの。赤ちゃんだっているんでしょう? 大勢のお客様を招いているのよ。中止なんて言ったら、皆さん驚いてしまうわ。穏便に済ませないと……ねえ、達也さんもそれでいいわよね?』

いくらなんでも、結婚式で花嫁が妹と入れ替わっているのを見て、驚かない人間がいるだろうか?

キリスト教圏と違って結婚式や披露宴がイベントのようなものといっても、さすがに演劇の舞台に代役を立てることとはわけが違う。

中止にするほうがまだマシ、と杏子が思ったとき、

『僕はそれでもいいよ。舞子だって小鳥遊家のお嬢さんなんだし……杏子が黙って身を引いてくれるなら、赤ん坊も死なせずに済む』

達也の言葉に追い打ちをかけられた。

彼にとって病院の後継者となれるなら、花嫁は姉妹のどちらでもよかった。さらには、舞子が子供を諦めなくてはならないのは杏子のせい、と言わんばかりの口ぶりだ。

そこまでが限界だった。

杏子はその場にいることすら我慢できなくなり、ヴェールを剝ぎ取ってブーケごと達也に投げつけた。

『わかりました。どうぞ、舞子とお幸せに！』

そう叫ぶなり、杏子は彼らの前から立ち去った。

ハネムーンの出発まで休憩する予定だった部屋に閉じ籠もり、すべての電話を無視していたら、母に頼まれたホテルの支配人が心配してやって来た。

挙式披露宴がどうなったのか、あえて尋ねず、杏子は支配人に母への伝言だけ頼んだ。

――すべてを忘れるため、ひとりでイギリスまで行ってきます、と。

美穂に事情を説明したのは、空港で顔を合わせたときだった。

ひと通りざっくり話すと、

『もちろん申し込み後に事情が変わったときは、ひとりでも参加ＯＫよ。ただ、ハネムーン専用ツアーだから、新婚さんに囲まれることになるんだけど……平気かな？』

気まずそうに確認され、杏子は『平気です』と答えた。

美穂もそのときのことを思い出したのだろう。同じように気まずい顔をしたが、すぐにパッと明るくなる。

「ああ、でも、飛行機の中でいい感じだったじゃない？　隣の席に座っていた、実業家風のイケメン男性と」

美穂が言いたいのは桜木大輔のことに違いない。

だが、大輔と過ごした十二時間のことを思うと……杏子はため息を呑み込み、無理やり笑顔を作って答えた。

「桜木さんとおっしゃる方ですね。実業家じゃなくて、パイロットだそうですよ」

「まあ、そうなの？　じゃあ、ここまで乗ってきたドイツの航空会社の？」

「あ、違います。今は休暇中で、お勤めされているのは香港の……えっと、アジアパシフィック航空だったかな？」

このツアーと同じく、乗り継ぎでマンチェスターまで行くこと。そこで休暇を過ごすらしいこと。マンチェスター大学の出身で、市内にとても詳しいことなど、杏子が知っていることを話した。

すると――。

「すごいじゃないの！　アジアパシフィックはパイロットのレベルが一番だって聞いたわ。優秀なパイロットを他社から高待遇で引き抜いてるそうよ」

「そ、そうなんですか？」

美穂の話によると、アジアパシフィック航空は利用者の満足度が世界で一番高い。パイロットだけでなく、客室乗務員や機内サービスのレベルも最高クラスなのだという。

「よかったじゃない。フリータイムにずっとひとりじゃ寂しいだろうな、って思ってたから。私と一緒じゃ遊べないしね。浮気男のことなんか忘れて、ハネムーン気分で楽しく過ごしちゃいなさいよ」

どうやら美穂は、杏子が大輔に誘われたと思っているらしい。

（そりゃ、わたしだって……桜木さんみたいな素敵な男性と一緒に過ごせたら、楽しいだろうなって思うけど）

「無理ですよ。そんなの……誘われたわけじゃないですから」

「何言ってるの！　ボーッと待っててもいい男は降ってこないのよ。せっかくお近づきになれたんだから、そういうときはこっちから誘うの」

「でも……パイロットなんて、わたしは、父の病院を継いでくれる人じゃないと……」

当たり前のように口にした直後、杏子は言葉に詰まった。

舞子が達也と結婚すれば、どちらにせよ達也が小鳥遊産婦人科を継ぐことになるだろう。もう、杏子が必死になって産婦人科医の婿養子を探す必要はなくなった。

それどころか、杏子が看護師である必要すらないように思えてきて……。

家族と繋がれていたはずの糸がプッンと切れ、まるで自分が風に煽られて飛ばされていく凧になった気分だ。

杏子は泣きそうになるのをグッと堪える。

「やだ、わたしったら。もう、お婿さんになってくれる産科のドクター、探さなくてもいいんですよね。病院も辞めちゃったし……いっそナースも辞めて、別の仕事でも探そうかな」

「いいんじゃない？　破談になった慰謝料をしっかりもらって、身軽になって自分のやりたいことをすればいいわ。だって、まだ二十五でしょう？」

「自分の……やりたいこと？」

「そうよ。手始めに、そのイケメンパイロットをゲットするっていうのはどう？　彼にケチがついた男運をリセットしてもらうの」

それは、とんでもなく明るい声だった。

昨日までの杏子なら、美穂の提案は考える前に却下していただろう。でも今は、彼女の言葉が素晴らしい考えに思えてくる。

（桜木さんをゲットする？　わたしに、できる？）

難しいかもしれない、という答えが杏子の頭をよぎった――。

大輔の隣で過ごした十二時間、杏子は半分くらい泣きながら愚痴っていた。

「舞子は……妹は、小さいころから、わたしの持ってるものを欲しがるんです。我がまま言ってるのはあの子のほうなのに、気づいたら、全部あの子のものになってて……。でも、まさか達也さんまで……」

大輔には家業を継いでくれる結婚相手を探していた、と話した。

実家が産婦人科とも、自分が看護師であることも言わなかった。開業医の娘、そう告げただけで態度の変わる男性を何人も見てきたことが一番の理由だ。

「あの人……妹との関係を知られて、わたしの顔を見るなり……なんて言ったと思います？」

「私なら……下手な言い訳はせずに土下座かな」

冗談めいた返事に、杏子は泣きそうになって無理やり笑う。

「やだ、もう、桜木さんったら……。でも、彼が土下座して謝ってくれたら、わたし、ここにはいなかったと思います」

「君の婚約者は謝らなかったのか？」

達也は謝るどころか、杏子を責めた。

『表沙汰になれば、君の両親にも恥を掻かせることになるんだぞ。このまま結婚して、一年ほど結婚生活を続けてから離婚しよう。舞子とはそのあとに結婚するよ。でも外聞が悪いから、今回は堕胎してもらう。な、それでいいだろう?』

そんなふうに言ったのだ。

だが、それには舞子のほうが怒った。

『嫌よ! 絶対に堕ろさないから!』

『じゃあ、産むのか? その子は認知できないぞ。だから、こんなことにならないようにとピルを渡したんだ。それなのに、わざと飲まなかったなんて』

『あなたが好きだから……お姉ちゃんと結婚してほしくなかったから……だから、赤ちゃんができたら、真剣に考えてくれると思ったの!』

『なんて馬鹿なことをしてくれたんだ。子供をそんなことのために利用するなんて、君は最低だな』

『よく言うわ! あとでピルを飲むからって言ったら、喜んでゴムを外したくせにっ!』

ふたりは杏子の目の前で、聞くに堪えない口論まで始めた。

さすがにそんな言い合いまでは大輔に話すことはできず、杏子は適当にぼかして伝える。

「わたしが悪いそうです。わたしが……深い関係になるのは結婚してからって言ったから、つい、舞子の誘惑に乗ってしまったって」

「え……じゃあ……君は」

そこまで言って大輔は絶句していた。

これでは、未経験の処女ですと告白しているようなものだろう。

とたんに恥ずかしくなり、杏子は話を逸らした。

「大騒ぎしてたら、親たちもやって来てしまって……。達也さんのお義母様は倒れるし、うちの母は舞子と達也さんに平手打ちをして、達也さんは鼻血を出すし」

「そりゃまた……修羅場だな」

「そうしたら、達也さんのお義父様が……とりあえず、結婚式と披露宴だけは……このまま、済ませたほうがいいって……」

そのときのことを思い出すだけで、杏子は堪えきれず涙声になってしまう。

チャペルには両家の親戚一同が揃い、披露宴会場には百人を超える招待客がいた。体裁を考えれば、イベントと割り切って結婚式と披露宴を済ませ、そのあとで家族会議をするのが無難な解決方法だろう。

理屈ではそうなるが——。

「わたしも、そうするのが一番だって……同じ仕事場だったから、上司も同僚も、みんな招待していたし……でも、わたしにだって、結婚への憧れくらいあったんです！　舞子を妊娠させた人と、永遠の、愛なんて……誓えな、い」

杏子は両手で顔を覆い、嗚咽《おえつ》を止められなくなる。

直後、大輔は幼子をあやすように彼女の髪を優しく撫でてくれた。

「君は悪くない。君のせいじゃないから、我慢せずに泣けばいい」

そんなふうに言われると、もうどうしようもなかった。

大輔のほうに身体を傾け、

「あ、りがっ……あり、がと……ござっ……い、ござい、ま」

きちんとした言葉にしようとして、嗚咽しか口から出てこなくなり……。

きっと周囲からは白い目で見られていたに違いない。それでも大輔は、ずっと彼女を慰めてくれたのだった——。


（残りの半分、泣き疲れて眠ってたなんて……我ながら、もったいない）

大輔のおかげで杏子の心は、出発前に比べてかなり前向きになってきている。

だが、どう考えても、彼には厄介な女と思われたことだろう。今になって思えば、彼が優しいのをいいことに、愚痴ばかり言うべきではなかった。

羽田空港で大輔の顔を真正面から見た瞬間、杏子は二十五年間の人生で最大のときめきを感じた。

婚約者だった達也も、病院内ではイケメンドクターと呼ばれていた。

だが大輔を形容する言葉に『イケメン』はふさわしくない。そんなに軽いものではなく、容姿端麗、眉目秀麗、そういった四字熟語のほうが彼に似合っている。

結婚がキャンセルになったばかりの身で許されるなら……。

初めての海外旅行、憧れのイギリス、ここは思いきって美穂の提案に乗ってみるのも悪くない。

しかし、それには問題がひとつ——。

フランクフルトに到着するなり、大輔の姿が杏子の視界から消えてしまった。

マンチェスターまで愚痴を聞かされるのは堪らないと、逃げられてしまった可能性が高い。

(もう手遅れってことかな……でも、もし、マンチェスターの空港で顔を合わせたら、今度はわたしから声をかけてみる?)

これまで、好ましく思えたから男性を誘おうなんて、考えたこともなかった。

婿養子に入ってくれる産婦人科医、なんて狭い範囲で、結婚相手を探すことに必死だったからだ。

だが、もう、杏子の恋にそんな条件はない。

(そうよ、パイロットだって全然問題ないじゃない！　結婚は考えなくてもいいんだし、素敵な男性にエスコートしてもらって、憧れのイギリスで……ロマンティックな時間を過ごす、とか？　その相手が桜木さんなら、最高じゃない！）

そう考え始めると、杏子はジッとしていられなくなる。

時計を見ると、乗り継ぎ便が出発するまで、あと一時間半。入国審査と保安検査で待ち時間の半分近くが過ぎてしまっていた。

美穂が他のツアー客に声をかけられ、見えなくなってしまうと、杏子はラウンジでひとりきりになった。

空港内にはクラスごとにたくさんのラウンジがある。

ここはエコノミークラスの客でも料金を払えば利用できるラウンジだ。ドリンクの無料サービスコーナーには、何種類ものソフトドリンクがあった。さらにはドイツビールのサーバーまで置いてあり、辺りを見回すと、朝から飲んでいる人もけっこういる。

奥には朝食ビュッフェのコーナーまであり、大輔を探して一巡したが……やはりどこにも姿はなかった。

クレジットカードの特典によっては、上のクラスのラウンジも使えるらしい。

それに、他社とはいえ大輔もパイロットだ。その場合、もっと特別なラウンジが使えてもおかしくないだろう。

大輔を見つけるのを諦め、コーヒーでも飲みながら残りの時間を過ごそうと思ったとき、トントンと肩を叩かれた。

（桜木さん⁉）

期待を込め、笑顔で振り返る。

だが、そこに立っていたのは、くすんだような金髪のふたりの外国人男性だった。

杏子の頭の中に英語が浮かんだが、とっさのことで思うように言葉にできない。

そのとき、彼らの口が動き、「グーテン・モルゲン《おはようございます》」と言われた瞬間、ここがドイツであることを思い出した。

「日本人の旅行者ですよね？　これからマンチェスターに行くんでしょう？」

「僕らもマンチェスター行きの飛行機に乗ります。僕らはドイツ人で、マンチェスター大学に留学しているんです」

たぶん、こういった内容だろう。

大学の第二外国語はフランス語を選択した。

ドイツ語は独学で学び、日常会話程度なら、と思っていたが……いざ話しかけられると、語学力以上に勇気のほうが必要らしい。

「ひとりで旅行ですか？　マンチェスターの観光スポット、僕らが案内しますよ」

言葉は丁寧に聞こえるのに、なんとも押しが強い。

「いえ、わたしはツアーで来ているので」

その返事で断ったつもりだったが……。

ふたりは張りついたような笑顔を浮かべたまま、杏子のことを左右から挟み込むように立った。

「ドイツ語も話せるんですね？　僕たち英語でもＯＫですよ」

「あの、いえ……だから……」

「ヨーロッパで日本の女性は人気なんです。話してみたかったから、とっても嬉しい」

ひとりの男性が杏子の背中を撫でるように手で触れた瞬間――。

「杏子、こんなところで何をしているんだ？」

聞こえてきたのは日本語――大輔の声だった。

大輔は彼女の名前を呼び捨てにしながら、ふたりの外国人男性を押しのけ、当たり前のように肩を抱き寄せる。

「あ、あの……」

なんと答えたらいいのだろう？

戸惑う杏子とは対照的に、大輔は実に堂々とした態度で彼らに向き合った。

「ハネムーンの真っ最中なんだが、私の妻に何か？」

大輔の口から発せられた流れるようなドイツ語に、呆気に取られたのは杏子だけではなかった。

外国人男性はふたりとも、困惑したような顔つきで立ち尽くしている。

「え？　あの、さく、らぎ……」

杏子が『桜木さん』と言いかけたとき——大輔の顔が近づいてきて、彼女の頬に熱い吐息が触れたのだった。

「大輔だ。新婚夫婦じゃないと気づかれたら、面倒だろう？」

早口の日本語でささやかれ、杏子はすぐさまうなずく。

「だ、大輔さん、えっと、この方たちはマンチェスター大学の留学生さんみたいです。たぶん、マンチェスターの観光スポットを案内してくれるっておっしゃったような」

杏子が日本語で伝えると、大輔は彼らに向かってドイツ語で話しかけた。

「マンチェスター大学なら私の後輩だな。工学部出身なんだが、君たちは？」

「僕らは……ビジネススクールなんで」

「ふーん、ビジネススクールね」

言うなり、大輔は唐突にドイツ語から英語に切り替えた。

「ビジネススクールには大学一美しいと有名なサマーズ教授がいたね？　今も学生に人気かな？」

するとと、彼らのひとりがつられたように、

「ああ、もちろん。彼女は今も人気者さ」

英語で答えたのだ。

直後、気取らない英語を使っていた大輔が、とたんに堅苦しいイギリス英語《クイーンズイングリッシュ》で彼らを糾弾し始めた。

「美貌の教授《プロフェッサー》は〝彼女〟ではなく〝彼〟だ。下手なドイツ語はいい加減にして、おとなしくラウンジから出ていきなさい。さもないと、身分詐称で当局に通報するぞ。君たちはフランクフルトの大学に留学中のイギリス人だろう？」

ふたりは顔を真っ赤にすると、逃げるようにラウンジから立ち去ったのだった。

予想外の展開に驚いたのは杏子のほうだ。

「あの人たちって、イギリス人だったんですか？　全然、わかりませんでした」

「イギリス人とドイツ人は外見が似ているんだ。でも中身はまるで違う。彼らはロンドンっ子《コックニー》だ。マンチェスターの訛《なま》りがなかったから」

「でも……どうして、ドイツ人のフリなんか……」

杏子が呆気に取られたまま他人事のように呟くと、大輔が大きなため息をついた。

「オイオイ。狙いは君に決まってるだろう？　警察に駆け込まれても、マンチェスター大学に留学してるドイツ人が手配されるだけだからな」

言われて初めて、杏子は自分の身に危険が迫っていたことを知った。

大輔から、ツアーバッジを隠すように付けていることも、ひとり旅だと思われてターゲットにされた理由だと言われた。

だが、ハネムーンツアーにひとりで参加している身としては、周囲に気を遣わせないためにも、同じツアーだと知られないように控えめにしていたほうがいいと思ったのだ。それこそ、大輔のように東都ツーリストの関係者と勘違いしてくれるかもしれない、と。

しかし、それでトラブルに巻き込まれては、逆に迷惑をかけることになっただろう。

「助けてくださって、ありがとうございます」

杏子はあらためて頭を下げる。

「ああ、いや……私も悪かった。何も言わずに君の前からいなくなって」

「い、いいえ、あんな愚痴ばっかり聞かされたんじゃ、腰も引けますよ。本当にすみませんでした」

謝ったあと、大輔の顔を見上げる。すると、彼の印象が少し変わっていた。

いったい何が変わったのか……マジマジとみつめてしまう。

すると、ジャケットの下に着ていたサーモンピンクのTシャツが、生成りのシャツに替わったことに気づく。それだけじゃなく、髪も濡れていて、伸びかけていた髭も綺麗に剃られていた。

そんな彼女の視線を受け、

「いや、別に腰が引けたってことじゃない。シャワーを浴びてきたんだ。ついでに着替えもね。九月に入っても夏日が続いていた東京と違って、マンチェスターは涼しいから」

杏子が尋ねる前に、大輔のほうから教えてくれた。

だが、濡れた髪のせいだろうか。大輔の印象が機内で話したときより、セクシーに感じられてならない。

男性のことをセクシーだと思ったことも初めてで、杏子には戸惑いの連続だった。

「そう、なんですか？　やだ、わたしったら、てっきり、逃げられちゃったって……あ、いえ、逃げるっていうのも変ですよね？　やだ、もう、何言ってるんだろう」

馬鹿正直にも本音を口にしてしまい、杏子は慌てて訂正する。

すると、彼は可笑しそうに吹き出した。

「本当のことを言うと、逃げようと思ったんだ。でも、ドイツビールを奢る約束だっただろう？　私は約束を守る男だからね」

彼はビールサーバーを指差しながら言う。

そういえば、羽田空港にいたとき、そんなことを言われた。

「じゃあ、一杯だけ……って、あれって、お金がかかるんですか？」

ラウンジの使用料金を払えば、用意されている飲み物や食べ物はすべて無料だと聞いたような……。

杏子が目をパチパチさせながら尋ねると、大輔は、

「おっと、バレたか」

そう言ってニヤリと笑う。

「もうっ！　大輔さ……あっと、桜木さんったら」

「大輔でいいよ。無料のドイツビールだけじゃ悪いから、本場のフランクフルトも付けるとしよう。まあ、それも無料なんだが」

純白のウエディングドレスを着て、途方に暮れていたのは……ほんの二十四時間前のこと。

それがはるか昔に思えるくらい、杏子はこのとき、心から笑ったのだった。

第二章　始まりは緊急着陸

「空港のラウンジでシャワーが浴びられるなんて、全然知りませんでした」

フランクフルトからマンチェスターまで二時間足らず、だが、ここにも時差があるので時計の針は一時間しか進まない。

しかも今度は小型のジェット旅客機だ。

四百人乗りのジャンボと違い、座席はビジネスとエコノミー合わせて百四十席、そのうち埋まっているのは八割程度か。

全幅全長ともジャンボに比べて約半分というのだから……揺れがダイレクトに感じて、そのたびに機体の軋《きし》む音が聞こえてくる。もし、ひとりだったら不安な時間を過ごしたことだろう。

だが今は、隣の席に大輔が座っているだけで、ちっぽけな不安など消し飛んでいく。

「マンチェスターにも、シャワーブースのあるラウンジがあったはずだ。よかったら、案内するよ。私も、もう一度入ろうかな」

その刺激的な提案に胸がドキンとする。

もう一度……ということは、一緒に、という意味に違いない。だが、本物の新婚カップルならともかく、出会ったばかりでそんな真似をしてもいいものだろうか。

「い、いえ、きっと、すぐにホテルに向かうと思いますし……それに、シャワーを一緒に使うのは、ちょっと勇気が……」

そこまで答えたとき、大輔がお腹を押さえて笑い始めた。

「それは嬉しいお誘いだが……さすがの私も、君を紳士用に連れ込む勇気はないな」

彼の言葉を聞いた瞬間、杏子は頬どころか耳まで熱くなる。

たしかに、温泉の混浴じゃあるまいし、空港ラウンジのシャワーブースが男女兼用のわけがない。

ひとりでどこまで舞い上がっているのか、結婚式が中止になったばかりの花嫁がこれでいいのか、と自問自答するが……。

(いいわよね？　だって、全部忘れてリセットする旅なんだもの)

杏子は勇気を奮い起こして、大輔の顔を真っ直ぐにみつめた。

「あのっ！　今度はわたしに、何か奢らせてください。ランチとか、どうですか？　美味しいお店を教えてもらえたら……あ、金額とかは気にしないでください。一生に一度のハネムーン用に準備してきたお金がありますから」

我ながら倒れそうなくらい前のめりになっている。だが、このチャンスを逃したら、大輔には二度と会えないだろう。そう思うと必死になってしまう。

その必死さだけは伝わったらしく、

「君って人は……会ったばかりの男に、金は持ってる、なんて言うんじゃない」

「え？　でも、大輔さんは、パイロットでしょう？　わたし、あなたと食事がしたいだけで、奢ってもらおうとか、考えてませんから。その……高給取りの職業の人って、そういうところ、すごく警戒するでしょう?」

身近にパイロットはいなかったが、同じく高給取りの代表的な職業、医師がいた。

若い男性は勤務医がほとんどなので、パイロットと比べてどちらの収入が上かわからない。だが彼らは、独身女性の前で医師と名乗ることすら躊躇《ちゅうちょ》していた。

看護師に対してもプライベートでは警戒心を露わにしてくる。ところが、逆に杏子が開業医の娘と知ると、ホッとしたように近づいてきて……。

思えば、達也もそのひとりだった。

「あ……それと、もう、家のこととか考える必要がなくなったんで……。結婚も、しばらくパスしたいなぁって思ってます。ですから、親切にしてもらったからって、香港まで追いかけたりしませんから、安心してくださいね！」

　杏子は思いつく限りのことを口にする。

　大輔に断られたくない一心だったが、どうも的外れなことを言っている気がしてならない。

（なんか……引かれてる？　わたし、間違ってるの？）

「変なこと言ってたら、すみません。わたし、中学高校と女子校で、大学も学部の関係で女子が多くて……職場も女性が中心だから……」

　全部言い訳だった。

　女子力の低さは仕事のせいではない。同じ看護師でも、おしゃれに気を遣って、恋人を作って楽しんでいる女性は大勢いる。

　ただただ、杏子が不器用で要領が悪いだけだ。生真面目過ぎるとも言える。

　そんな杏子に大輔は優しいまなざしを向けてくれた。

「私がもし、パイロットを名乗って、君を騙そうとしている詐欺師だったら？　あのドイツ人を名乗ったイギリス人と同じかもしれないぞ」

「それは……ないです」

「どうして、そう言いきれる？」

「だって、そんな悪い人なら、十二時間もわたしの愚痴に付き合ってくれたりしません。

騙されそうなわたしを見ても、知らん顔すると思うんです」

フランクフルト空港のラウンジで出会ったふたり組が、イギリス人であることは見抜けなかった。

しかし、あのふたりを〝信頼できるいい人〟と思ったわけではない。

「だから、大輔さんは絶対にいい人です！」

彼の顔をみつめ、杏子はきっぱりと言いきった。

すると大輔は苦笑いを浮かべて、

「杏子さん、君はホント、男を見る目がない」

「そ、そんなこと……」

ないと思うんですが、と言いかけ、杏子の脳裏に達也の顔が浮かんだ。

「……あるかもしれない」

蒼白になりかけた杏子を見て、大輔は破顔する。

「わかった、わかった。もう、降参だ。私でよかったら、マンチェスターの町でも、どこでも案内するよ。連れがいたほうが、まだ気も紛れるし」

そう聞いたとき、杏子は彼の予定を確認していなかったことに気づいた。

自分の希望ばかり押しつけてしまったが、なんらかの予定があるからこそ、彼も休暇を取ってマンチェスターを訪れるのだ。

「ごめんなさい！　もちろん、あなたの用事を優先してください。わたしのほうは、本当に空いた時間でいいんです」

「空いた時間？　それなら、この先一週間以上、二十四時間いつでもガラ空きだ。君のほうこそ、ツアースケジュールがあるだろう？」

「ええ、でもハネムーンツアーだから……そんなに団体で観光するわけじゃないんです。オプショナルツアーはいろいろ頼んでますけど……でも大輔さん、せっかく休暇を取ってイギリスまで行くのに、何も予定がないんですか？」

羽田、フランクフルト間は、ずっと杏子の話ばかり聞いてもらった。

考えてみれば、大輔がアジアパシフィック航空のパイロットで、休暇を取って日本に立ち寄り、これから先はイギリスのマンチェスターで過ごすこと以外、ほとんど知らない。

杏子はこのとき初めて、大輔が航空身体検査で心理カウンセラーの所見に引っかかったことを聞かされた。

もちろん、現時点で体調や精神状態に問題があるわけではない。パイロットの資格を停止されたわけではないが、休暇の内容をあらためなければ、資格停止もあり得ると言われたようだ。

話を聞く間にも飛行機はマンチェスター空港に近づき、着陸に向けてベルト着用のサインが出た。

テーブルを元の位置に戻し、ベルトを締めながら、杏子は少し大きめの声で尋ねる。

「これまでも、休暇は取られてたんですよね？」

「ああ、まあね。一週間程度のまとまった休暇のときは、知り合いに頼まれてプライベートジェットを飛ばしたり、自分のセスナでフィリピンやインドネシアの島々を回ったり……そんなとこかな」

「それって、ずーっと飛んでることになりませんか？」

素朴な疑問だったが、大輔は大げさなくらい頭を抱えて、

「やっぱり、君もそう言うか？　カウンセラーにも同じことを言われたんだ。――それは休暇とは呼べませんね。飛行機の操縦から完全に離れて、心身ともにリフレッシュしてください――だとさ」

彼の口真似から、カウンセラーは女性らしいことがわかった。

大輔は一八〇センチを超える長身で、ジャケット越しだが、余分な脂肪はほとんどついていないように感じる。

そして彼には、日常的に喫煙の習慣もないだろう。フランクフルト空港のラウンジで助けてもらったときだけでなく、泣きじゃくったときにも何度か抱き寄せられたが、彼からタバコの匂いは一切しなかった。

アルコールに関しても同じだ。ドイツビールに口をつけたものの、小さなグラスで一杯

だけ。杏子と同じくらいの量しか飲んではいなかった。

それらのことから、彼が健康に気を配っていることがよくわかる。

精神面もおよそ健全だと思う。

服装や小物は上質だが、誰でも知っているようなブランド品で固めているわけではなかった。金を使うことで自尊心を守ろうとする人間は、一歩間違えば金のトラブルを抱えやすい。だが彼は、気に入った品を長く大切に使うタイプのようだ。そのことは手荷物として機内に持ち込んだ、使い込まれたキャリーケースからもわかる。

総じて、大輔はセルフコントロールに長けた人間だと思う。

感情や欲望には左右されず、常に自制することができる人間。それはパイロットとして素晴らしい素質だろう。

だが、セルフコントロールは多用し過ぎると心が磨り減っていくケースもある。

彼を担当した心理カウンセラーは、そのことを心配したのかもしれない。

「わかりました。じゃあ、大輔さんがリフレッシュできるように、わたしも協力します。それだったら、あなたの役にも立てますから」

「役に立てるって?」

「えっとですね、実はわたし……」

開業医の娘という以上に、看護師の職業を黙っていることは多々あった。なぜなら、世の男性の多くが、看護師に偏った理想を重ねているからだ。

いわゆる〝白衣の天使〟に抱く妄想である。

看護師だから、誰に対しても思いやり深く優しいはず、という前提で近づいてくる人のなんと多いことか。合コンで真剣に病気の相談をされるくらいならまだいい。ときには、気分の悪くなった人を看てやってほしいと言われ、トイレまで付き添うと……個室に引っ張り込まれそうになったこともあった。

そのせいで、見ず知らずの相手には職業を伏せたままでいることが癖になっている。

（いつまで一緒にいられるかわからないけど、大輔さんには話しておくほうがいいよね？）

そう思って口を開こうとしたとき――。

ドンという大きな音が聞こえ、飛行機がガクンと揺れた。

徐々に高度を下げつつあった機体に、何かがぶつかったような……激しい衝撃だった。

「きゃーっ!?」

杏子は驚いて悲鳴を上げる。

そんな彼女に大輔は覆いかぶさってきた。

「大丈夫だ。頭を下げて、動くな」

「で、でも、でも、これって……きゃあっ！」

最初の衝撃から、わずか数秒後、今度は爆発音らしき音が聞こえたのだ。

直後、飛行機の機首が上向きになり——着陸態勢に入っていたはずが、なぜか急上昇を始めた。

客室内に悲鳴が響き渡る。

ＣＡたちは「落ちついてください」「シートベルトを外さないでください」といった言葉を叫んでいるが、乗客たちはとても落ちつくどころではない。

怒声を上げる者、号泣する者、祈りの言葉を口にする者、実に様々だ。

そんな中……大きな鳥がぶつかった、いや、貨物室が爆発した、いやいや、どこかから攻撃を受けた等々、無責任な言葉まで飛び交い始める。

杏子はわけがわからず、大輔の胸にしがみついていた。

「最初の衝撃は、おそらくバードストライクだろう。急上昇はゴーアラウンドしたからだ。より安全に着陸するために、一旦上昇して旋回し、着陸をやり直すんだよ。よくあることだから、問題ない」

「よくある、こと、ですか？」

「ああ、そうだ。ただ……」

彼が何か言いかけたとき、英語のアナウンスが流れてきた。

『機内で急病人が発生しました。お客様の中にお医者様、もしくは医療関係の方はいらっしゃいませんか？　至急、客室乗務員にお知らせください』

修学旅行で飛行機に乗ったとき、杏子はまだ産婦人科医を目指していた。

『ドラマみたいなドクターコールって本当にあるのかな？』

『あるって聞いたけど。そういうとき、真っ先に名乗り出るようなお医者様になりたいな』

友だちの質問に、夢と憧れに胸を膨らませて答えたことを覚えている。

だが、こうして実際に経験すると……喉の奥が詰まったようになり、声が出てこない。

（ドクターのひとりくらい乗ってるわよね？　だったら、ナースの出番はないし……そもそも、ドクターがいないと点滴のひとつもできないし）

医師と違い、看護師にできることは限られている。

さっきと同じアナウンスが、今度はドイツ語で聞こえてきた。

膝がカタカタと震える。このまま大輔にしがみついていたいと思ったとき、同じ内容の日本語が杏子の耳に届き――。

その瞬間、恐怖より責任感が勝った。

杏子は反射的に大輔の腕の中で身を捩り、スルッと抜け出した。

「杏子さん？」

「すみません、大輔さん、わたし……行かなくちゃ」

言葉にすることで身体の震えが止まった。

通路を歩いてきたCAに向かって手を上げ、

「あの、日本で看護師をしています。お医者様がいらっしゃらないようなら……」

「ありがとうございます！　こちらです」

杏子は英語で話しかけたのだが、返ってきたのはドイツ語だった。CAが英語を話せないわけがないので、よほど慌てているのだろう。

嫌な予感が胸を塞《ふさ》ぐ。

杏子がすべての客席を通り抜け、機体の一番前まで連れて行かれたとき――嫌な予感は最大限まで高まっていた。

そこで目にしたのは、本来、どんな場合でも閉じているはずのコックピットの扉だった。それがどうしたことか、大きく開いている。

忙しなくCAたちが出入りしていて――急病人がそこにいることは火を見るよりあきらかだ。

「急病人って、まさか……パイロットの方なんですか？」

「はい――機長です」

CAたちが動揺している理由がわかった。

杏子の立場で言うなら、緊急帝王切開の最中に執刀医が倒れてしまうようなものだろう。

緊急事態ということで杏子は身分証を提示したあと、コックピットに入った。

コックピットの中は意外と狭い、というのが第一印象だ。中にはふたりの男性と、それぞれに寄り添うふたりの女性がいた。

入って左側の席に座った男性が機長らしい。胸を押さえて呻いており、黒髪の女性が「ライゼガング機長！　大丈夫ですか？　聞こえますか⁉」と叫んでいる。

もうひとりの若い男性は席から離れ、床に座り込んでいた。副操縦士らしいが、そちらの様子も何か変だ。

「ヘル・ヴァンク！　機長は動けないのよ。あなたが着陸させないと……返事をして、ヴァンク副操縦士‼」

金髪の女性が副操縦士に向かって怒鳴っている。言葉や名前からいって、乗務員は全員ドイツ人のようだ。

無線からはひっきりなしに、マンチェスター空港の管制塔から呼びかけがあり――。

コックピットの中は英語とドイツ語が飛び交い、まさしく混乱状態だった。

杏子をここまで案内してくれたＣＡは金髪の女性に声をかける。

「チーフ、看護師の方が来てくださいました」

金髪の女性は杏子に近づきながら、カトリナ・シェルマンと名乗った。チーフパーサー、客室乗務員の責任者だという。ガラス玉のような青い瞳が際立つクールな印象の女性だ。

カトリナの説明によると——着陸の際、鳥の大群が突っ込んできて、左翼のエンジンにバードストライクを受けたことが始まりだった。

大型の鳥で数が多かったこともあり、衝撃は大きかったという。

CAたちが機長のアナウンスを待っていると、左翼のエンジンから爆発音が聞こえた。慌ててコックピットに駆けつけたが、中から返事はなく……。懸命に呼びかけていると、なんのアナウンスもないまま、機体は急上昇を始めたのである。

カトリナは緊急事態と判断し、事前に知らされていた緊急コードでコックピットの扉を開けて中に入った——。

「副操縦士の彼はすでに床に座り込んでいました。操縦桿を握っていたのは機長で……でも、息苦しそうで、胸を押さえておられて」

「機長に心臓の既往症って……ないですよね？」

「もちろんです」

「今日はどこかいつもと違った、というような……何か気づいたことはありませんか？」

尋ねながら、もし心疾患や脳梗塞など重大疾患だった場合、杏子に何ができるだろうか、と考える。

「あの……」

そのとき、機長に声をかけていた黒髪のCAが、

「私がここに来たとき、機長は、ちょっと胸を打っただけだからすぐに楽になる、と言われて……でも、今は返事をするのも苦しそうで」

この苦しそうな状態から、とても『ちょっと胸を打っただけ』とは思えない。おそらく、強打したのだろうが、こんな場所でどうやって胸部を強く打つのだろう？　事情はわからないが、胸を打ったなら、肋骨骨折、下手をすれば肺損傷の恐れもある。

杏子はカトリナに頼み、機長を外に運び出して横になれるスペースを作るよう頼んだ。

ところが、

「ダメ……だ。ヴァンク……動けない、私……着陸、する」

意識があって何よりだが、途切れ途切れのドイツ語では単語しか聞き取れない。この状態で飛行機の操縦など無理な話だ。

杏子は機長の隣にしゃがみ込むと、彼の左手に触れた。

「英語ですみません。看護師のタカナシと言います。失礼ですが、わたしの手を握っていただけますか？」

機長は指をわずかに動かすだけで、とても何かを握れる状態ではなかった。このまま呼吸困難に陥ったときは、最悪のケースも想定しておかなくてはならない。

「これでは、操縦桿を握ることは難しいと思われます」

杏子はきっぱりと言いきり、機長をコックピットから運び出した。

ブランケットを集めて上半身を少し高くし、打ったらしい右胸を下にして寝かせる。脈が速い、呼吸も荒く、体温が上昇しているようだ。ネクタイとベルトを外して、少しでも楽な状態にしたあと、心臓の音を確認しようとするが……。

頭が痛くなるくらい集中して、どうにか心音を確認したのだった。

（やっぱり、一刻も早く着陸して、病院に運ばないと）

杏子はコックピットに足を踏み入れながら、副操縦士に声をかけた。

「機長の怪我は安心できるものではありません。できるだけ早く着陸してください。空港の方に、救急車の用意をお願いします……あの……」

副操縦士の前に膝を折ると、彼の顔を覗き込んだ。

まるで紅茶のような透き通った琥珀《こはく》色の瞳をしている。その美しい瞳が今は虚ろで、杏子はおろか誰の声も聞こえている様子ではない。

（え？　これって、パニック発作を起こしてる？）

限界を超えた恐怖や命の危機を感じたとき、人間の脳は身体のあらゆる部位を動かす指令が出せなくなる。負荷をかけ過ぎて電気の配線がショートするようなものだ。

この限界点は人それぞれと言われるが、人命にかかわる職業の人間は、比較的タフなはずだった。

副操縦士に代わって、管制塔と無線でやり取りをしていたカタリナが振り返り、

「ヘル・ヴァンクは、今日が初フライトなんです」

杏子は心の中で『うわぁ』と呟く。

いくら資格があっても、研修医ひとりでは手術などできない。パイロットも同じだろう。

「じゃあ、今、この飛行機は？」

「オーパイ……オートパイロットです。機長がセットしてくれて……でも、この機の場合、着陸にはオーパイを切って、手動で操縦しなくてはなりません」

ただでさえ白いカタリナの顔は、色を失って見えた。

だがこのとき、杏子の頭に浮かんだのは、

『いざとなったらジャンボも飛ばせる。安心していいよ』

そう言った大輔の顔だった。

（ジャンボより、小さいんだから……大輔さんなら、これも飛ばせるんじゃない？）

大は小を兼ねるという。兼ねなくても、この初フライトの副操縦士に正気を取り戻させ、操縦桿を握ってもらうより、現役パイロットの大輔に任せたほうが百倍も千倍も安心できる気がする。

杏子は黒髪のＣＡに飛びつくようにして叫んだ。

「わたしの隣に座っていた男性、ミスター・ダイスケ・サクラギを呼んできてください！彼はパイロットなんです。ジャンボジェットが飛ばせるって言ってたから、きっと」

そこまで口にしたとき、ギャレーとの仕切りになっているカーテンがザッと開いた。

「おい、左翼のエンジンが火を吹いてるぞ。なんで消さない！」

大輔だ。

彼は制止しようとするＣＡにパイロットの免許証を翳して英語で怒鳴りながら、飛び込んできたのだった。


大輔は操縦席に誰も座っていないことに気づくなり、ジャケットを脱いで右側の席に放り投げた。

彼自身は左の機長席に座り、ＣＡに事情の説明を求める。

同時に計器を三つ四つ点呼確認しながら、すぐに左翼エンジンを消火するスイッチを押した。数秒後、炎は見えなくなった、と報告を受け、杏子も胸を撫で下ろす。

状況の確認を終えるなり、大輔はヘッドセットをつけ、管制塔とのやり取りを始めたのだった。

「機長に代わって交信します。私はアジアパシフィック航空のパイロット、ダイスケ・サクラギです。休暇中ですが、機長、副操縦士とも操縦が不可能なため――」

杏子は大輔の声を聞きながら、心の底から安堵《あんど》していた。

出会ったばかりの人なのに、一生をともに過ごそうと決めた人に裏切られたばかりなのに、それでも、彼のことを信頼している自分が不思議でならない。

(わたしは自分のすべきことをしなきゃ!)

機長の傍にいようとしたとたん、ふたたび機体に大きな揺れを感じた。

床を転がりそうになる機長に飛びつき、覆いかぶさって彼の身体を固定する。肺を損傷しているなら、これ以上動かすのは危険だ。

「機長は大丈夫ですか? 何か、できることはありませんか?」

今の揺れのせいで、カタリナも四つん這いになって近づいてくる。

「まず、正確な傷の状態がわからなくては……でも、ここでは何もできません。今は一分一秒でも早く着陸して、ドクターの診察を受けることが一番です!」

そのとき、コックピットから声が上がった。

「杏子さん、そこにいるか?」

「は、はい!」

カタリナに機長のことを頼み、杏子はなんとか立ち上がってコックピットに近づく。

「どうしました? あの、さっきの揺れは……」

「その質問に答える前に、右翼を目視してきてくれ。見えたままを報告してくれたらありがたい」

り着いた。

杏子は即座に「はい」と答えて、壁を張りつくように移動し、右翼が見える窓までたど
するると、右翼のエンジンからも炎が上がっていたのだ。

（やだ……これって）

呼吸を整え、大急ぎで大輔のもとに戻る。

「火、火が見え……ました。燃えて……燃えてるんです……早く、消さないと」

「ありがとう、すぐに消火する」

慌てふためく杏子と違い、大輔は平然と答える。

その直後、コックピット内に警告音が響き渡った。計器のいくつかが赤く点灯している。

何がどうおかしいのかわからないが、とんでもないことになっていることは、素人の杏子にも想像に難くない。

「こ、これって⁉　今度はいったい……大輔さん⁉」

彼はボタンを次々に押し、警告灯を消していく。警告音も消えてホッとしたのもつかの間、今度は別の警告音が鳴り始めた。

大輔は舌打ちしつつ、

「止まったか……杏子さん、そのまま待っててくれ。――サクラギです。たった今、左翼エンジンが停止しました。右翼エンジンも炎上、出力低下しています。当機はエマージェ

ンシーを宣言し、三分後に緊急着陸します」

さらりと管制塔に伝えるが、その内容に杏子は息が止まりそうだ。

無線からも驚きの声が上がる。

『三分!? そんな時間じゃ、受け入れ準備が間に合わない。十分、いや七分あれば、せめて消防が到着するまで待ってくれ！』

「待てません。七分後なら着陸ではなく墜落になります」

『——緊急着陸を許可します』

「了解《ラジャー》」

杏子の耳には、七分後には天国に到着しているかもしれない、と聞こえた。

だが、大輔のようなベテランパイロットにとっては、とんでもない事態とは言えないのだろうか？

彼はまるで、十年前からそこに座っていました、と言わんばかりの顔で、ジョイスティックのような操縦桿を操作している。

「杏子さん、そこのコーパイ坊やをみてやってくれるか？ さっさと放り出して、扉を閉めたいところだが、万一、客室で暴れ出されたら困る」

「はっ、はい……」

急いでコーパイ——副操縦士の若い男性に意識を向けた。

彼は膝を抱えて座り込んだままだった。しかし、少し前と違って顔を上げ、一点を見据えている。

その視線の先にいるのは、大輔だった。

「大丈夫、ですか?」

拙いながらドイツ語で話しかけてみる。

ところが彼は、杏子の問いかけには答えようとせず、大輔を睨んだままブツブツと呟き始めた。

「無理だよ。この飛行機は、もう落ちるしかないんだ。鳥が……何羽もぶつかってきて、前が、見えなくなって……エンジンもやられた。もう、ダメだ」

フロントガラスを見ると、今まで気づかなかったが、鳥がぶつかって汚れたような跡がいくつもあった。彼の言うとおり、前はほとんど見えない。

(ヴァンク副操縦士……だっけ? この精神状態だと、もし動けるようになったら、逃げ出そうとして危険かもしれない)

いつだったかニュースで聞いたことがある。

飛行機の中で、乗客がいきなり緊急脱出用の扉を開けようとして騒ぎを起こした、という話だ。パニック発作が原因かどうかはわからないが、今の彼ならやりかねない。

もし今、暴れ出したら……大輔の手を借りるわけにはいかない。

どんなことをしても、杏子がこの副操縦士を止めなくてはならないだろう。

杏子は覚悟を決め、ギュッと拳《こぶし》を握りしめる。

そのときだった。

「落ちない。鳥がぶつかって前が見えなくなったくらいで、飛行機が落ちることはない」

大輔の横顔は毅然としていた。

彼は前を向いたまま、英語で言い放つ。

「我々パイロットは、視界ゼロでも目的地に向かって飛行し、進入目標が見えなくても、計器のみで着陸させる。バードストライクでエンジンのひとつが止まっても、この機にはもうひとつのエンジンがある。仮にふたつとも止まっても、推力はいきなりゼロにはならない。この機種なら滑空比は十七、高度二千フィートなら、約十キロメートルは滑空する。大丈夫、飛行機は安全な乗り物だ。俺が証明してやる」

言うなり、彼は杏子をチラッと見て……ウインクしたのだ。

その瞬間、胸の奥が焼けるように熱くなった。

とっさに浮かんだことは——この人とここで出会うために、自分は生きてきたのだ、という思い。

この人と一緒ならここで死んでも……。

いや、死にたくない。大輔のことをもっと知りたい。自分のすべてを知ってほしい。正体不明の〝何か〟が全身を駆け巡り、燃えるような熱を感じた。

直後――。

「床に伏せて衝撃に備えろ！」

新たな警告音がコックピットを席巻した。

☆　☆　☆

マンチェスター空港に着陸したのは午前九時半、予定より十五分遅れの到着だった。

着陸と同時に右翼のエンジンもストップ。ギリギリだった、運がよかった、と空港関係者は全員、青ざめた顔で言っていた。

今回の事故では、明日にも事故調査委員会がやって来て調査にあたるという。

大輔もその調査対象になるため、何度か呼び出しに応じなくてはならないようだ。操縦を交代したところから着陸に至るまでの経緯を、一から十まで報告しろというのだから、いささか気の重い話である。

到着したあとは適当なホテルを予約し、杏子とランチを楽しむ予定だった。

明日以降は、彼女のスケジュールに合わせて、市内の観光やオプショナルツアーに付き合うつもりでいたのに。

（あーあ、せっかくできた予定が、全部パーだ）

杏子も不思議そうにしていたが、この休暇で大輔の予定などひとつもなかった。

心理カウンセラーの要求に従い、家族のひとりもいない祖国日本と、数少ない学生時代の思い出の場所マンチェスターを休暇先に申請しただけだ。心理カウンセラーの偏った考えには賛同したくないが、子供じみた対抗心で資格を停止されては元も子もない。

（その結果がこれだ。……ったく、どっちみち、操縦桿を握る運命なんじゃないか。あー腹減った）

時計を見ると、すでに二十時を回っている。

ランチも食いっぱぐれて、お腹は空いているのにディナーを食べに行く気分にもならない。考えるのは杏子のことばかりだ。

航空会社や空港関係者、政府関係者とのやり取りに時間を取られ、杏子とは入国時に離れたきりになってしまった。

携帯電話の番号はおろか、宿泊先を聞くことすら、空港に到着してからでいいと軽く考えていた。

こんなことになるなら、真っ先に聞いておくべきだった、と思っても後の祭り。

とりあえず、明日朝一番に東都ツーリストのロンドン支店に電話をかけてみよう。事情を説明して、機長の看護と着陸に協力してくれた女性にお礼が言いたい、と伝えれば、きっと宿泊先を教えてもらえるはずだ。

ため息をつきながら、空港ビル内の事務フロアからエレベーターに乗ろうとしたとき、逆に降りてきた男性とぶつかりそうになった。

「……失礼」

大輔はサッと避けたが、

「ダイスケ！」

ふいに名前を呼ばれ、自分と同じくらい体格のいい男に抱きつかれた。

「ああ、よかった。おまえが無事で、本当によかった！」

「え……ジャック？」

視界に映るのは銀髪だけだ。だがその声を聞けば、男の正体くらいすぐにわかる。アジアパシフィック航空、内部安全監査室の室長、ジャックだった。

彼は香港にいるはずだが、チャーター便を飛ばしても十時間足らずではロンドンまでも来られないだろう。

大輔が首を傾げている間も、ジャックは背中をバンバンと叩く。

「大惨事の一歩手前だったそうじゃないか。よくやったよ。さすが、アジアパシフィックのエースパイロットだ」

　そう言われて、大輔の中にある張り詰めた糸がフッと緩んだ。

　空港のトップや他社の重役陣、マンチェスターの役人に囲まれ、気づかないうちに心身ともに凝り固まっていたらしい。

「俺は撃墜王じゃないぞ。それに、大惨事まで……まだ三歩はあった」

「まったく、おまえって奴は」

　ふたりは笑いながらフィスト・バンプ――拳をぶつけ合う。

「来る途中で聞いたんだが、双発のエンジンがダウンしたんだって？」

「正確に言えば違う。着陸のときまで右翼エンジンは生きてたから」

「ああ、それも聞いた――」

　ふたつ目のエンジン停止が少しでも早ければ、着陸態勢が維持できずに墜落し、逆に遅ければ、滑走路内で停止できなくてオーバーランしただろう、と言われている。

　まさしく、ジャストのタイミングでふたつ目のエンジンがダウンした。

「キャプテン・サクラギは強運の持ち主だ、なんて言われているらしいが……」

　ジャックはニヤニヤと笑いながら、大輔をからかうように続ける。

「おまえのことだ。偶然やラッキーなんかじゃなく、エンジンがダウンするタイミングを計算した上で着陸に踏み切ったんだろう？」

「当然だろう？　俺は一度だってコックピットで運を天に任せたことなんかない。ところで、香港から飛んで来たにしちゃ、やけに早いお着きだな？」

　大輔の問いにジャックは首を左右に振る。

「残念ながら、我が社にそれほど速く飛べる飛行機はないよ。仕事でニューヨークにいたんだ」

　その返事で納得した。

　アメリカの東海岸なら、早ければ七時間でロンドンに到着する。そこからマンチェスターまでは一時間程度だ。

　ふたりはエレベーターに乗り、一階まで下りた。

　するとそこには空港ビルの警備員が待ちかまえていて、大輔たちを従業員用の通用口のほうに案内するという。

「正面玄関はマスコミが詰めかけてますから」

　警備員の説明にジャックもうなずいた。

「本社にもインタビューやテレビ出演の依頼がきているらしい。世界中でちょっとしたヒーロー扱いだ」

「ずいぶん早いな」

「ああ、最近はインターネットであっという間だ。ただ、どんな状況でも、人より目立つとやっかまれる。責任の所在を追及されたら面倒だから、対応は慎重にいこう」

「わかってる。俺だって、これ以上、厄介ごとに巻き込まれるのはゴメンだ。せっかくの休暇なのに」

大輔がそう答えたとたん、ジャックは足を止めた。

「今、なんて言った？」

「ここには休暇で来たって言ったんだ。まあ、無理やり押しつけられた休暇だけど……それでも、やっと楽しく過ごせそうな目処《めど》がついたっていうのに」

「ダイスケ……おまえ、どうしたんだ？　てっきり――休暇なんか取らせるからこんなことになったんだ、さっさと勤務に戻してくれ、と言われるとばっかり」

そのとおりだ。

もし、杏子の存在がなければ、今ジャックが言ったとおりのことを、大輔も口にしていただろう。

しかし、今の大輔が一番気になっていることは……。

「とにかく、今回のことは善意の協力にすぎないんだ。なるべく、事情聴取の回数を減らしてもらえるよう、上にかけ合って――」

「大輔さん!!」

杏子の声が聞こえ……一瞬、幻聴かと思った。

どうやったら彼女にもう一度会えるか、そのことを考え続けていたせいに違いない、と。

だが、声の聞こえたほうに視線を向けると——。

慌てた様子でベンチから立ち上がる杏子がいた。

実物を目にして、大輔は息を呑む。

「なんだ……あの謝罪は本物だったのか……」

大輔の横で、ため息をつくように呟いたのはジャックだった。

「謝罪って、なんの？」

「いや、だから……ドイツの航空会社から別の謝罪があったんだ。キャプテン・サクラギのハネムーンを邪魔することになって申し訳ないって。何かの間違いだと思って、そう伝えたんだが」

「ハネムーン⁉」

ジャックの言葉にびっくりした。

大輔が顔を合わせた関係者は、そんなことはひと言も言わなかった。どうやら、情報が錯綜《さくそう》しているらしい。

「あ、それは……たぶん、わたしのせいかもしれません。わたしが、ハネムーンツアーって答えてしまったから……」

ジャックとは英語で話していたが、杏子にもその内容がわかったようだ。

「ひょっとして、君がここに残されたのは俺のせいか？　同行者と思われて、だからこんなところに？」

口にしているうちに、大輔の中に怒りが生まれてくる。

大輔の同行者――妻と思って引き止めたのであれば、せめて応接室に案内するべきだろう。こんな寒々とした通用口で待たせるなど、許せるものではない。

ましてや、杏子はドクターコールに名乗り出て、機長の応急手当をしてくれた看護師だ。緊急着陸の協力者に対して、失礼にもほどがある。

「すまない！　君を巻き込んでると知っていれば、もっと早く切り上げるんだった。どうせ、明日以降も呼び出されるんだから……向こうの都合なんかあと回しでよかったんだ。本当に申し訳ない」

杏子の傍に駆け寄りながら、大輔は深々と頭を下げる。

だが、彼女のほうは目を見開いて、両手を振り始めたのだった。

「違います。残されたんじゃなくて、空港に戻ってきたんです！」

「戻ってきた？」

「はい。実は……」

杏子は機長に付き添って飛行機から降りた。

乗客の中には怪我人はもちろんのこと、具合が悪くなった人もいなかった。そのため、ほとんどの人は到着後、簡単な聴取を受けただけで、それぞれの目的地へ向かったと聞く。

ＣＡたちは空港に残され、大輔同様に聴取を受けていたはずだ。

機長と副操縦士のふたりは、救急車で最寄りの病院へと運び込まれ……杏子はそのふたりに付き添ったという。

「わたしのほうからお願いしました。機内での様子もドクターに報告したかったし、機長の状態も気になったので……」

普通なら病院側が断るだろう。

しかし、怪我人はドイツ人。杏子は簡単なドイツ語ならわかるので、万一必要になったときのため、病院側も付き添いの申し出を応諾したようだ。

そして、ライゼガング機長が胸部を強打した原因は――。

フロントガラスに鳥がぶつかった直後、ヴァンク副操縦士がパニック発作を起こして操縦席から立ち上がったせいだった。

機長はそんな彼を止めようとして手を伸ばした。

だがそのとき、左翼エンジンで小さな爆発が起こって機体が大きく上下、その際、機長はスラストレバーで胸を強く打った。

「最初は、たいしたことないと思ったそうです。痛みはすぐに治まるって……でも、脂汗が出てきて、息をするのも苦しくなったと言われてました」

肋骨を二本折る重傷だったが、幸いにも肺損傷はなく、命にも別状ないという。

そう杏子から聞かされ、大輔もホッと息を吐いた。

自分のせいではないとはいえ、彼自身が操縦桿を握った飛行機の搭乗者から、死者を出すのは愉快なものではない。

機長は怪我が回復しだい、パイロットに復帰できそうだ。

だが副操縦士のほうは、おそらくこのまま、地上勤務に回されるだろう。パニック発作の治療を終えたとしても、再訓練を受けて彼がもう一度コックピットに戻るのは難しい。

パイロットになったばかりの青年にはつらいことに思えるが、あの様子では空から離れるほうが本人のためとも言える。

「彼らが無事だったのは君のおかげだ。君がいなければ、機長は無理をして肺まで傷つけ、あの坊やも暴れ出したかもしれない。そのときは、CAや乗客に怪我人が出ただろう」

大輔が衝撃に備えるよう叫んだとき、杏子は自分の身を守るのではなく、副操縦士を庇《かば》うようにして床に伏せた。

その姿は、婚約者の裏切りに泣いていた儚げな女性でも、機体の揺れに怯えていた女性でもなく、まさしくナイチンゲールだった。

「とんでもないです！　わたしには何もできませんでした」

「それは過小評価だよ。まったく、この空港の関係者は何をしているんだ!?　窮地を救ってくれた女性を呼び戻した挙げ句、こんな場所で待たせるなんて」

「あ、それも違うんです！　呼び戻されたわけじゃなくて、わたしが勝手に戻ってきたから……ただ、名前を告げたら、時間があるならわたしにも事情を聞かせてほしいって……緊急事態とはいえ、コックピットに入ってしまったので」

「まさか、君にも責任がある、と言ったのか!?」

「いえ、わたしの責任ではなくて、CAさんの緊急時の手順に問題はなかった、と証明したいそうです」

それでも、あんまりな対応だろう。

仮に、CAの手順に誤りがあった、と判断されたら、杏子は無断でコックピットに入り込んだと言われかねない。そのことで、なんらかの責任を追及されるとなれば、ドクターコールに応じる医療関係者などいなくなる。

そうなって一番困るのは、乗員乗客の命を預かる大輔たちで……考えれば考えるほど、いっそう腹立たしい。

「たとえ、そうだとしても、君をこんな時間まで拘束するのは――」

「お話はすぐに終わったんです。でも、あなたと……桜木さんと約束していたから……」

彼女は首が折れそうなほどうつむき、恥ずかしそうに呟いた。

その仕草を目にした瞬間、大輔の怒りは氷水をかけられたように消え去った。

「それは……まさか、俺のことを待って？」

杏子は耳まで赤くして、コクンとうなずく。

嬉しくて……嬉し過ぎて、きっと自分は信じられないくらい間の抜けた顔をしていることだろう。

そのとき、背後からわざとらしい咳払いが聞こえてきた。

「あ、ああ、彼女がナイチンゲールのキョウコ・タカナシ——重傷を負った機長の看護をしてくれた女性です」

上ずった声でジャックに紹介したあと、杏子に向き直る。

「彼はアジアパシフィック航空、内部安全監査室のジャック・ディンブルビー室長で、俺の……いや、私の上司なんだ」

最初に覚えた英語がイギリス英語だった。そのせいか、英語で話すときはまだきちんとした言葉遣いでいられる。だが日本語になると、とたんに高校時代の彼に戻ってしまう。それは日本を出る直前の、やたらいきがっている少年時代を思い出し、どうも気恥ずかしい。

杏子はそんな彼の様子には気づかなかったらしく、丁寧な英語を口にしながらジャックに頭を下げた。

「はじめまして、タカナシです。今回は無事着陸できて……それもこれも、すべて彼のおかげです。本当にありがとうございました」

「うちのエースパイロットですからね。乗り合わせた人たちは幸運だった。だが、ダイスケの素晴らしいランディングは単なる幸運ではなく、実力なんですよ」

「は、はい、もちろんです」

ジャックは何を考えているのか、大輔を絶賛し始める。

慌てて止めようとしたが、

「ハネムーンツアーでマンチェスターに来られたとか？　ダイスケとは日本で知り合ったんですか？」

「え？　あ、はい、ハネムーンツアーで来たのは間違いないんですけど……知り合ったのも日本なんですけど、でも、あの……彼とは」

必死で釈明しようとする杏子を見たとき、なぜか、大輔は彼女の言葉を遮《さえぎ》っていた。

「いいよ、杏子さん。――ジャック、悪いけど、彼女と先約がある」

「ああ、もちろんわかっているさ。そのための休暇だ。ゆっくり、存分に楽しんでくれ。ミス・タカナシ――ダイスケは、空の上では無敵だが、鉄の翼がなくなると、時々情けないほど愚かな男になる。だが、間違いなく紳士だ。英国紳士の私が言うのだからたしかだよ。どうか、よろしくお願いします」

そんなふうに言うと、ジャックはさっさと通用口から外に出ていった。

いつの間にか警備員の姿も消え、薄暗い通用口にいるのは大輔と杏子のふたりだけになっていた。

「すまない。ジャックは、かなり都合がよくて、楽しい想像をしているらしい。気にしないでくれたらありがたい」

「わたしは、そんな……でも、何か誤解されてましたよね？　ちゃんと訂正しなくてよかったんですか？」

「ああ、問題ない」

「たぶん、空港の方も……」

「それより、腹は減ってないか？　君にランチを奢ってもらおうと思って、何も食べていないんだ。まあ、俺が奢ったのは無料のビールとフランクフルトだけ……あ、いや」

一度気を抜いてしまうと、ふたたび体裁を取り繕うのはどうにも難しい。

杏子もそんな大輔の本心に気づいたのか、クスクスと笑い始めた。

「大輔さん、本当は『俺』って言うんですね。ひょっとして、飛行機の中とか……わたしの前では無理してました？」

十歳も年下の女性にからかわれているのに、少しも不快ではない。

それどころか……杏子の可憐な笑顔に目を奪われた。最初に会ったときも薄化粧で、慈愛に満ちた聖女か、癒やしの女神と思ったくらいだ。

今はほとんどスッピンなのだが、それでも彼女の笑顔はなんと清らかなのだろう。

心が洗われるようだ、と思った瞬間――大輔は無意識のうちに手を伸ばし、彼女の頬に触れそうになり……。

慌ててごまかすために、その手で頭を掻いた。

「に、日本語は、めったに使わないから、意識しないと、高校生みたいな話し方になるんだ。いい歳して恥ずかしいよ」

そう答えたあと、「アハハハ」と空々しい笑い声を上げる。

「全然、そんなふうには思いません。今みたいな感じも、親しみが湧いてきて……とても素敵ですよ」

杏子の瞳には、大輔に対する信頼が浮かんで見えた。

今の彼女から信頼を得ることは簡単だ。彼女を裏切った婚約者と反対の行動を取ればいい。それだけで、杏子は目の前の男が信頼に足る人物と思い込むだろう。

（ダメだ、ダメだ、絶対にダメだ。彼女のような女性に、いやらしい妄想で手を出すのはクソ野郎のやることだぞ。たとえどれほど、惹かれるものがあったとしても……）

大輔は深呼吸したあと、

「会社が空港近くのホテルに部屋を取ってくれた。俺たちがハネムーンだと思われてるなら、その部屋を君が使っても問題ない。ホテルならレストランがあるだろうし、最悪ルームサービスもある。それを君に奢ってもらったってことにすれば、ちょうどいいと思わないか?」

「ひょっとして、無料……とか?」

「お互い、休暇中に仕事をさせられたんだ。当然の権利だろう? もちろん、君が嫌なら無理強いはしない」

するとと杏子は笑顔のまま答えた。

「知らないんですか? 女性はみんな〝限定〟と〝無料〟って言葉に弱いんですよ」

「いいことを聞いた。女の子を口説くときの参考にしよう」

大輔は軽口を叩きながら、杏子を伴い空港と同じ敷地内にあるホテルに移動したのだった。


ランチがディナーになったが、ようやくふたりでテーブルを囲むことができた。

会社側は大輔たちに、最高級のサービスを提供するよう頼んでくれたらしい。レセプションでは最上階にあるスイートルームのキーを渡され、食事をしたいと告げると、レストランの個室に通された。

女性と一対一で食事をしたのは、何年ぶりだろうか……思い出そうとするが、全く頭に浮かんでこない。

（五年？　いや、それ以上か？　ひょっとして……アジアパシフィックに移る前だったりして……）

思い出せないくらい、まともなデートはご無沙汰していることになる。

これでは、健全な休暇を取れ、と言われても無理はない。

カウンセラーの言葉に若干の敗北感を覚えながら、大輔はデザートのあとのコーヒーを黙々と啜《すす》った。

「病院より空港のほうが、マスコミの数は断然多かったです。あれって、大輔さん目当てなのかな？　大輔さんって、すごいパイロットなんですね」

杏子のほうは、ずっと楽しそうに話し続けている。彼女の無邪気な問いかけに、大輔も微笑みを返した。

「俺がすごいっていうより、今回のトラブルが重大インシデントになったからだろうな」

大輔はハリウッドスターじゃない。

国家の中枢を担う政治家でもなければ、世界的企業の経営者でもなかった。

民間の航空会社に所属するただのパイロットにマスコミが群がるのは、この着陸が大々的に報道されてしまったせいにすぎない。

本音を言えば、大事にならないことを願っていた。

単純なバードストライクで機長の交代だけなら、通常の着陸でどうにかなったはずだ。だが双発エンジンの一基が止まった場合、エマージェンシーを宣言しなくてはならないルールがある。そしてこれほどアクシデントが重なってしまったら、重大インシデントに認定されても無理はなかった。

「バードストライクって、大変なことだったんですね」

「いや、バードストライク自体はよくあることだよ。羽田から乗った大型機ならエンジンは四つあるから、そのひとつが止まったくらいじゃびくともしない」

「そうなんですか？　でも、鳥がぶつかってきたのが、太平洋の真ん中だったら？　着陸できない場所でそんなことが起こったら……それでも、大丈夫なものですか？」

真剣な顔で尋ねられたら、大輔も真面目に答えざるを得ない。

「あーそれは、巡航高度……太平洋を飛んでるときは一万メートル上空だから、まず、鳥は飛んでないかな」

人差し指で空を指しながら返事する。

「そ、それも、そうですよね」

真っ赤になって照れ笑いを浮かべる仕草が可愛らしくて、ボーッと見惚れたままになってしまい……。

彼女につられるようにして、大輔自身、柄にもなく赤面してしまう。

「えーっと、聞いたことがあるかな？　航空事故は離陸後の三分間と着陸前の八分間に集中してるんだ。〝魔の十一分〟と呼ばれる。今回もそうだろう？」

「魔の……じゃあ、修学旅行で沖縄から帰ってくるとき、途中ですごく揺れたんですけど、あれって、そんなに危ない状況じゃなかったんですね。わたし、そのことが忘れられなくて……あ、ほら、羽田を発つときに震えてたでしょう？」

　杏子はホッとしたように苦笑した。

「それって、ガタガタ揺れたあと、ジェットコースターみたいにガクンと落ちた？」

「そう！　それです！　あと、雷もすごくて……落ちるかと思いました」

「新人パイロットが積乱雲を避けそこねたってとこかな？　でも、乱気流で墜落することもあるから、危なくないわけじゃない。たしか、四、五年ほど前にジャワ島付近で落ちてたはず……」

　すると、見る見るうちに杏子の顔色が変わっていく。

「それって、乗るたびに怖い目に遭ってるってことですか？　わたし、飛行機運がないのかも……。やだ、どうしよう。飛行機に乗らなきゃ、日本には帰れませんよね？」

「まあ、普通は飛行機だろうね。客船って手もあるけど、東京までいろいろ乗り継いで、ざっと一ヵ月はかかるかな」

「無理です、無理！　仕事もあるのに、そんな……あ……」

ふいに杏子の表情が曇った。

「わたし、寿退社したんでした。妹……夫婦がいたら、家にも戻れないし……新しい仕事探さなきゃ。時間はたっぷりあるから、船で帰国しても大丈夫みたい」

その言葉を聞くまで、彼女がどうしてひとりでハネムーンツアーに参加しているのか、すっかり忘れていた。

「今さらだが、君はナースだったんだな。ひょっとして、元婚約者はドクター？」

彼女はマンチェスター行きの機内で大輔のことを、『高給取りの職業の人』と表現した。あの言い方からして、彼女の近くにその『高給取りの職業の人』がいるのだろうと思ったが、元婚約者が医師ならおかしくない。

すると杏子は、申し訳なさそうに目を伏せた。

「黙ってて、ごめんなさい」

「謝る必要はない。俺だって、自分の職業を黙ってることは多いし、相手によっては嘘をつくこともある」

とくに初対面の女性に対しては、自意識過剰と思われても警戒してしまう。

杏子は『家業を継いでくれる結婚相手』を探していたのだ。ということは、規模はわからないが、彼女の実家は病院ということになる。

開業医の娘となれば、近づいてくる不届き者も少なくないだろう。

「実家は、三代続いた産婦人科なんです。わたしも四代目を目指したんですが、医大に落ちてしまって……だから、どうしても優秀な産科医のお婿さんをみつけなきゃって」

予想どおりの返答だった。

そして彼女は、近づいてきた一番の不届き者と結婚しようとした……と思ってしまうのは、大輔のやっかみだろうか。

「俺には優秀なドクターがどういうのか、よくわからないが……その浮気男は、本当に優秀なのか？」

黙っていられず、つい口にしてしまった。

婚約者の妹に手を出して妊娠させ、保身のために堕胎を迫るような男が『優秀なドクター』とは、どうしても思えない。

ただ、パイロットの中にも、そういう男はいる。ふた股どころか、渡航先ごとに恋人がいて、三人、四人と同時進行という猛者《もさ》も少なくない。

大輔自身は、そこまでして何人もの女性を抱きたいとは思わないが、パイロットの技能と下半身の節操が別ものだということくらい、充分にわかっているつもりだ。

医師という職業も似たようなものなのかもしれない。

「達也さんは……わたしが落ちた大学を現役合格して、ストレートで卒業してるんです。病院内でも人気があって、産科医としての決断も早くて、父とは違うタイプですけど、みんな声を揃えて優秀だって言ってたから……」

（いくら頭がよくても、自制心がなさ過ぎだろう？　下半身のだらしない男はある意味、病気だ。彼女にはふさわしくない。そんなクソ野郎、絶対に認められるもんか！）

まるで父親の心境だった。

これ以上この話題を続けても、楽しい話にはなりそうにない。

「悪い、杏子さん。君にとっては、ほんの四十八時間前まで結婚しようと思っていた相手だ。浮気男は言い過ぎだった。謝るよ」

「正確には四十時間前……。でも、浮気男は言い過ぎじゃないですよ。だって、添乗員の美穂先輩にも言われたんで」

添乗員と言われ、ショートヘアのきびきびした女性の姿を思い出す。

「あの添乗員が……君の先輩？」

「あ、はい、女子高の二年先輩なんです。生徒会活動で親切にしてもらいました」

話題が元婚約者から高校時代の先輩に移り、大輔もホッとする。

気づけば――二十二時を過ぎていて、レストランの支配人からラストオーダーを尋ねられた。

こんなにも傍にいて苦痛を感じない女性は初めてだ。

大輔は女性が苦手だった。ほんの五分間でも、ふたりきりで会話を続けることは苦行に等しかった時期もある。それでも、男としての自尊心と性的欲求を満たすため、その苦行にあえてチャレンジしていた。だが女性を誘惑して、お互いに楽しんだあとは……決まって虚しさに囚われたものだ。

そんな大輔も歳を重ねるごとに、それなりに如才《じょさい》なく立ち回れるようになった。女性に対しても苦行とは思わず、セックス抜きでも駆け引きを楽しめる程度には成長したつもりだ。

今回もそういったやり取りをして……早い段階で、杏子はセックスを楽しむ女性ではない、と気づいた。

それでも、退屈な休暇に華を添えられたら、と納得して近づいたはずなのに……。

レストランの個室を出て、エレベーターで最上階へと向かう。スイートルームのあるフロアに足を下ろしたとき、大輔の背中に緊張が走った。

達也の自制心にケチをつけた以上、大輔自身が自制心を放り出すわけにはいかない。

ジャックの『間違いなく紳士だ』という言葉を証明する義理はないが、杏子に対しては紳士でいなくてはならなかった。

だが……。

杏子は、何時間も従業員用の通用口で待っていてくれた。その行動が意味するものは、食事を一緒にするだけではないように思えてならない。

（肩くらい、抱いてもいいかな？　フランクフルトのラウンジではそれなりに密着したけど、嫌がる素振りはなかったし……）

大輔は少年のように悶々《もんもん》とした悩みを抱えつつ、ひたすら前を向いて歩き続けた。

「あ、あの……ここじゃ、ないですか？」

杏子のほうが立ち止まり、扉を指差していた。

「ああ、本当だ。ダメだな、時差ボケかな？」

愚にもつかない言い訳をしながら、大輔はルームキーを取り出す。

キーはカードタイプのものではなく、シリンダータイプだった。差し込んで回しながら、そのあとのことを考えるが……この場合の正しい答えがわからない。

「着替え……そうだわ。わたしのスーツケース、ツアーで泊まるホテルに運ばれてますよね？　どうしよう」

たった今、思い出した様子で杏子は口元を押さえている。

「別のホテルに泊まることは、添乗員の先輩とやらに連絡済みじゃないのか？」

「え？　ええ、それは……」

ツアーから離れ、病院に付き添うことになったとき、今日中に合流できないかもしれない、という報告を入れたという。

杏子自身は、ひとりで空港近くのホテルに泊まってもいいと思っていたようだ。

だが、預けたスーツケースのことは、すっかり忘れていたというのだから……修学旅行以来、二度目の空の旅というだけのことはある。

大輔は扉を開けるなり、部屋の中に足を踏み入れた。

すると、ワイン色のスーツケースがひとつ、広いエントランスに置かれていたのだった。

「やっぱりだ。添乗員の彼女が、気を利かせてくれたんだろう。航空会社のスタッフも、事故でドタバタしてたとはいえ、これくらいの手配はできたようだ」

「よかった……でも、大輔さんのスーツケースは？」

「俺はこのキャリーケース一個だから」

それは仕事用とは別のキャリーケースだった。

だが仕様はたいして違わない。なんといっても、ハリージュ航空で仕事用に使っていたものだ。訓練生時代から苦楽を共にした、とも言えるキャリーケースなので、あちこちが壊れても捨てがたく、今も修理しながらプライベートで使っている。

「それだけで、大丈夫なんですか？」

「必要なものは現地で調達するし、たいがいのホテルはなんでも揃ってる。ひょっとして、パジャマも持ってきたとか？」

「だ、だって、もし……着て寝るものが何もなかったらって、そう思うと心配になりませんか？」

頬を染めて答える彼女と違い、大輔はさらりと口にした。

「俺はとくに気にならない。もともと、何も着ずに寝るほうだし……」

「え？」

杏子が絶句して――その一瞬で、エントランスの空気に熱が生まれた。

彼女は視線を逸らし、何度も深呼吸している。このままだと、過呼吸になりそうで、見ているほうが心配になってしまう。

もし今、手を伸ばし、杏子の身体を抱き寄せながら『俺もここに泊まってもいいか？』と尋ねたら、彼女はなんと答えてくれるだろう？

難しいことは考えず、彼女の信頼を勝ち取ればいい。数年のブランクはあっても、ふたりで楽しもうと誘うくらい、大輔にとっては朝飯前だ。

ハネムーンツアーの間だけ、新婚カップル気分で楽しまないか？　浮気男のことなんて、帰国までに忘れさせてやる。

いろんな口説き文句を頭の中でシミュレーションして……。

大輔は彼女に背中を向けた。

「俺は、別の階に部屋を取ってるから。明日の予定は、湖水地方でレイククルーズだっけ？　八時にはこの部屋まで迎えに来るってことで、いい？」

一分一秒でも早く部屋から出たかった。大輔にとって、やせ我慢の限界だ。

するとなぜか杏子のほうも、なぜか慌てた様子になる。

「はい、はい、それで、間違いありません」

「何か不都合があったら、携帯に電話してくれ。――じゃ、これで」

これが自制心というものだろう。

そう納得させながらも、ひょっとしたら自分が、ものすごく馬鹿なことをしているように思えてならない。

そんな後悔が、大輔の身体の中を駆け巡ったとき、

「あの！」

ふいに、彼女から呼び止められた。

不覚にも、淡い期待に頬が緩んでしまいそうになる。

「何？」

「あの……あの……今日は、ありがとうございました。お、お、おやすみ、なさい」

思いきり頭を下げられ、大輔は自分が過呼吸になるほど大きく息を吸っていた。

「おやすみ」

紳士の笑顔を浮かべながら、部屋の外に出る。

重い鉄の扉がゆっくりと閉じていく様をみつめながら、

（もっと、何かやりようがあるんじゃないか？　引き返してみようか……本当を言うと、

満室で別の部屋は取れなかったんだ、だから、同じ部屋を使わせてほしい、とか)

扉が完全に閉まってしまう寸前、大輔はドアノブを回そうとして回せず……。躊躇っている間に、ガチャンと音がした。

彼は天を仰いで大きく息を吐く。

とりあえず、レセプションまで下り、もうひと部屋押さえなくてはならない。

(本当に満室でないといいけどな)

大輔は重い足取りでエレベーターへと向かったのだった。

第三章　新婚初夜（仮）

スイートルームにひとり残され、杏子はたとえようのない寂しさを味わっていた。

この部屋の鍵を開け、先に中に入ったのは、大輔のほうだった。その動作があまりにも自然で……。

このまま、スイートルームをシェアしないか？

そんなふうに言ってくれたら、ＯＫしてもいいかもしれない、と考えていた。

（ああ、これがダメなんだわ……きっと）

大輔が『もともと、何も着ずに寝るほうだし』と言ったとき、もっと気の利いた返事をするべきだった。

女子高生のように絶句して棒立ちになるなんて、情けないにもほどがある。

だが、エントランスの大きな鏡に映る自分を見たとき、化粧っ気のない顔はまさに女子高生のようで、思わずため息がこぼれた。

機長に付き添い病院まで行ったあと、本当はそのまま、ツアーに合流することもできたのだ。しかし、杏子はそうせず、マンチェスター空港まで戻った。

大輔に会いたい。

なんとしても、もう一度だけでも――。

事故が起こる直前、杏子は看護師であることを告白しようとしていた。

大輔なら変な期待はかけず、ありのままの杏子を見てくれるに違いない。だが、それ以上に、休暇中の彼が充分にリラックスできるよう、力になりたかった。

あのときほど、看護師でよかったと、思ったことはない。

ところが突然の事故――バードストライクが起こった。

着陸の際、乗客たちの多くは、本当に起こっていることの半分も知らなかっただろう。大勢の目に映ったエンジンの火災は、大輔がすぐに消火し、ドクターコールから十分程度で飛行機は地上に降りた。まさか、機長が倒れ、副操縦士がパニック発作を起こし、乗客だった他社のパイロットが操縦桿を握っている、など考えもしなかったはずだ。

それくらい、着陸直前の大輔のアナウンスは実に落ちついたものだった。

コックピットにいた杏子ですら、恐ろしいほどの現実が目の前で繰り広げられているにもかかわらず、不思議な安心感に包まれていた。

ただそれは、飛行機が着陸するまでの話だ。

飛行機の扉が開かれたとき、そこにはボーディング・ブリッジではなく、階段が取り付けられていた。外に出た瞬間、焼け焦げた匂いに噎《む》せそうになる。翼は左右ともエンジン部分が真っ黒になっており、翼本体も変形しかけていた。

何台ものバスが用意され、キャメル色の毛布を抱えた空港職員が乗客たちに向かって駆け寄ってきたように思う。乗客の多くが毛布に包まれながらバスに乗り込んだが、杏子はそれを断った。

彼女はイエローとグリーンに配色された救急車に乗り、空港を出たのである。

夕方近くになって空港まで戻ってきたとき、空港の様子は大きく変わっていた。

半端ない人数のマスコミが詰めかけており、うっかり、事故機の乗客だったと言おうものなら、揉みくちゃにされてしまっただろう。

そのとき、空港職員に声をかけた。

大輔に取り次いでほしいばかりに、彼の名前を出してしまい……。

『怪しい者じゃありません。わたしは日本人で、東都ツーリストのハネムーンツアーでイギリスに来ました。看護師なので、機長に付き添って病院に行ってたんです。わたしのことは、日本から一緒だったアジアパシフィック航空のパイロット、ダイスケ・サクラギに聞いてください』

説明を求められるたび、そう繰り返した。

（それがどうして、大輔さんとハネムーンに来ました、なんてふうに変わったのかな？

ひょっとして、伝言ゲームみたいに少しずつ内容がおかしくなった、とか？）

従業員用の通用口で大輔の姿を見たとき、信じられないくらい胸が浮き立った。

もし、あのまま抱きついていたなら、彼はどんな顔をしただろう。

もし、『わたしも何も着ないで寝てみようかな』と笑って返していたら、彼はなんて答えてくれただろう。

もし、あのとき……。

杏子の頭の中で『もし、〇〇していたら』がグルグル回り始めたとき、コックピットで目にした大輔の横顔が浮かんだ。

そのときに感じた、彼をもっと知りたい、もっと自分を知ってほしい、そんな願いまで、身体の奥から噴き上げてきて――。

杏子はいてもたってもいられず、廊下に飛び出していた。

記憶をたどりながらエレベーターまで駆け戻り、ボタンを連打する。

そしてエレベーターの扉が開いたとたん、中に飛び乗ろうとして……降りようとする人がいたことに気づいたのだった。

「す、すみません……あ、ごめんなさい」

謝りながら端に避けようとしたとき、杏子は足がもつれてエレベーターの壁に顔から突っ込みそうになる。

その寸前、大きな手で抱き留められたのだった。

「杏子さん、それってどっちも日本語なんだが」

「え？」

びっくりして顔を上げると、すぐそこに大輔がいた。

彼女の身体をしっかりと支えてくれている。

「……ど、どうして？」

「ああ、それは」

自分から尋ねておきながら、杏子には返事を待つことができず、彼の首に手を回して抱きついていた。

「同じ、部屋に……もっと、いろいろ話がしたくて……いえ、話だけじゃなくて、もっとあなたのことが知りたくて……わたしは、わた……し……ぁ、んっ……んんっ」

正直な気持ちを伝えようとするが、日本語なのに意味不明な言葉にしかならない。

そのとき、大輔の大きな手で両頰を挟まれ……刹那《せつな》、彼女の告白は、強引に阻止されたのだった。

想像より柔らかな唇が、彼女の唇に押し当てられる。

「杏子……君が欲しい。同じベッドで、ひと晩中、一緒に過ごしたい」

キスの合間に、漏れ聞こえてきた吐息混じりの告白。

大輔の吐息は熱を孕《はら》み、杏子の唇をトロトロに溶かしていく。

薄く開いた唇の隙間から肉厚の舌が攻め込んできて、軽く歯列をなぞられただけで杏子は膝から崩れ落ちそうになる。

どれくらいの間、キスしていただろう。

ふいに、口笛が聞こえてきて――そこがエレベーターの中であることを思い出した。

「きゃっ！」

見知らぬ人にキスを見られてしまった。そんな恥ずかしさのあまり、杏子は彼から離れようとするが……。

大輔のほうは、いきなり彼女を横抱きにしたのである。

「え？　やっ、やだ、何？」

「暴れるんじゃない。いい子にしてるんだ」

杏子にそんな命令をしながら、大輔はエレベーターから降りた。そのとき、これまでとは違うイントネーションの英語で、口笛の主に話しかけたのだった。

「エレベーターを占領して申し訳ない」

「こちらこそ、新婚さんの邪魔をして悪かったね」

声の感じから、ビジネスマン風の男性のようだ。

あとから知ったことだが――口笛は、公共の場でキスするふたりをひやかしたわけではなく、エレベーターを使いたいという意思表示だったらしい。

さすが日本とは違って、キスや抱擁《ほうよう》が挨拶の国だ。

もちろん、初対面の相手にそんな挨拶はしないと聞くが、夫婦や恋人同士なら人前であってても平気でキスする。今日の昼間、空港で目にしたばかりだった。

あれなら、ハネムーンツアーのカップルがどれほどイチャイチャしていても……仮に、エレベーターの中でキスしていても、たいして気にしないだろう。

彼に抱き上げられたまま、部屋の前までたどり着いたとき、

「ところで、ルームキーは？」

「え、鍵は……あ」

大輔とこのまま離れたくない――その一心で部屋を飛び出した。でも、ルームキーと聞いた瞬間、杏子は固まってしまう。

（やだ、どうしよう。わたし、ルームキーを部屋に置いたままじゃない？）

サーッと血の気が引いたが、そんな彼女の反応を見て大輔は笑い始めた。

彼は杏子をゆっくりと床の上に立たせたあと、なんと自分のポケットからルームキーを取り出したのだ。

「実は、君と離れたくない、と言いたくて……言えなかった。そんなことを考えていたら、ルームキーを渡し忘れた……怒った？」

怒るわけがない。

それどころか、彼も同じ気持ちでいてくれた、と思うだけで嬉しくてどうしようもない。

杏子は頭を左右に振り……扉が開くと同時に、ふたりはもつれ合うようにエントランスに滑り込んだ。

そのまま、無言でお互いの顔をみつめ合う。

彼の瞳に情熱の炎が見えた気がした。それはゆらゆらと揺らめき、杏子を吸い寄せる。しだいにふたりの唇は距離を縮め……彼と、二度目のキスを交わした。

優しく触れ合ったあと、唇の形を変えるようにして押しつけ合う。少し離れて、熱が冷める前にまた、ふわりと重ねた。

小鳥が啄《ついば》むようなキスと……情熱的な口づけを交互に繰り返す。

直後、背中に回された手に力が込められた。

「んっ……ぁふ……ぁあ」

蕩けそうなほどの官能に塗れた声だった。

まさか、キスだけでこんなふうになってしまうなんて……杏子自身、今このときまで、想像したこともなかった。

大輔の手が背中から腰までをゆっくりと撫でさする。

スイートルームのエントランスに甘いリップ音が広がり、ふたりの体温は上がる一方だ。

「わたし……ずっと、いい子でいたから……こんなの、初めてで」

唇が離れたとき、掠れる声で杏子は呟いた。

「俺も、子供のころは勉強ひと筋……今は仕事ひと筋のいい子だよ」

「大輔さんが、いい子ですか？」

見るからに頼りがいのある大人の男性、といったイメージの大輔からそんなふうに言われ、杏子はクスッと笑ってしまった。

「笑ったな」

「ごめんなさい、でも、今もいい子って……ぁ、きゃっ」

いつの間にか背中に回された手が腰の辺りに移っていて、サワサワと撫でられたとたん、スカートがストンと足元に落ちた。

白いレースのショーツと、ガーターストッキングが露わになる。

その瞬間、大輔の息を呑む気配を感じた。

「コレのどこがいい子だって？　シンプルなスーツの下は……エッチな格好をしたイケナイお嬢さんだ」

「それは……ハネムーンのために用意したものばかりだったから……」

最初は、大人っぽいモノトーンの花柄ワンピースを着て英国の地を踏むはずだった。

だが、結婚式があんな形で壊れてしまった以上、とてもではないが、ハネムーン向きの服装に着替える気分にはなれない。杏子は仕方なく、朝に着ていった紺のスーツで旅行に出発することにしたのだ。

とはいえ、スーツケースの中身まで取り替える時間はなく……。

「なるほどね。この総レースのセクシーショーツも、純白のガーターベルトも、例の浮気男のため、か」

大輔の声はちょっと悔しそうに聞こえた。

「それは……それは、仕方がないんです！　だって、この下着とか……いろいろ用意したのは、結婚式の前なんですから」

杏子が必死になって言い訳すると、彼は声のトーンを限りなく低くしてささやく。

「じゃあ、俺が脱がせてもいいか？」

唇が耳朶を掠めた瞬間、トクンと心臓が跳ね上がり……彼女がうなずくより早く、スーツのジャケットは脱がされていた。

「あ……」

そのまま、カットソーの裾から手を差し込まれ……。

抵抗する間もなく、上半身はブラジャー一枚にされてしまう。それもショーツとお揃いの白の総レースだった。

長い髪が剝き出しになった肩を覆い、胸元を隠した。

だが、豊かに盛り上がった胸の谷間までは隠しきれず……その部分に、大輔は唇を落としたのだった。

「ま、待って……その前に、シャワーを……」

日本を出てから丸一日以上経つ。その間、シャワーを使えたのはたった一回。マンチェスター空港のラウンジで使わせてもらっただけだ。

杏子の身体の中では、大輔から与えられた火種が燻り続けている。

それは、すぐにも燃え上がってしまいそうなほど危うい。

彼に身を任せてしまいたい。そう思う反面、未知の世界に踏み出すのが怖くて、もっと、きちんと準備を整えたいという気持ちもある。

「ごっ、ごめんなさい！　こういうとき、どうすればいいんでしょうか？」

「そんなに緊張しなくていいよ。ほら、一緒にシャワーを浴びよう。空港のラウンジじゃ無理だけど、ここなら平気だ」

「一緒に!?」

声を上げた瞬間、彼に抱えられてバスルームまで連れて行かれたのだった。

バスルームは杏子の想像とは少し違った。

バスタブとシャワーブースが分かれていて、同じスペースにトイレと洗面台もある。日本でいうところのユニットバスタイプだ。欧米ではこういったタイプが普通で、トイレが独立したセパレートタイプのほうが珍しいという。

ただ、開放的で明るい空間を思い描いていたのに、浴室用のコルクタイルを使った床も壁も色彩は濃いブラウンで統一されていた。

全体的に上品な印象ではあるが、窓のひとつもなく、なんとなく重苦しい。

そのバスルームに入るなり、大輔はジャケットと生成りのシャツを脱ぎ捨てた。

そのままパンツのベルトを外してファスナーを下ろし、そして、下着も一緒にあっさりと脱いでしまう。

「だ、だい、大輔、さん⁉」

男性の裸を見たことがない、とは言わない。

産婦人科では目にすることはないが、実習中はいろいろな科に回ったため、男性患者の清拭《せいしき》を行ったこともある。

だが、ここまで見事に引きしまったボディラインの男性にお目にかかったことはない。きっと彼の身体には、一グラムのぜい肉もついていないだろう。

程よい張りを持ったブロンズ色に艶めく筋肉から、杏子は目が離せなくなった。

そんな彼女の視線に気づいたのだろう。大輔はまるで、悪戯っ子の少年のような笑みを浮かべた。

「驚くことじゃない。シャワーを浴びるときは、誰でも裸になるもんじゃないか？」

「それは……」

杏子が返事を躊躇ったとき、彼の手が背中をソッと撫で回して……プチッと小さな音が聞こえた。

ふいに胸元が自由になり、緩んだブラジャーの肩紐が腕を滑り落ちる。

「ああ、そうだ。俺が脱がせてやるんだった」

「え？　えっと……待って、そこは……あっ！　あ、あっ……やぁ」

大輔は彼女の前で膝を折り、ショーツに手をかけた。一気にずり下げられ、白いヒップと対照的な黒い茂みが彼の目に晒《さら》される。

大輔は手を止めることなく、スルスルと引き下ろしていく。

彼はそのまま、ガーターベルトからストッキングまで、丁寧に片方ずつ脱がせてくれたのだった。

一糸纏わぬ姿でシャワーブースに連れ込まれた。

シャワーノズルから心地よい温度のお湯が吹き出し、タイルに当たって杏子の太ももやふくらはぎを濡らしていく。

彼はおもむろにボディソープを泡立てると、杏子の身体を洗い始めた。泡だらけの手が肩から腕をゆっくりと撫で回す。

（このまま……大輔さんに任せたままで、いいの？　それとも、わたしも彼の身体を洗ってあげる、とか？）

今さらだが、もっといろいろと勉強しておくべきだった。

達也との交際中、彼とキスしたい、抱かれたいといった衝動に駆られたことがなかった。自分にとって性的欲望など、無縁なことだと思い込んでいた。新婚初夜にしてもきっと同じだろう。杏子はただ、達也の求めに応じればいい――くらいの考えでいたのに。

（やだ……わたしったら、大輔さんに触れたいとか、考えてる？）

「杏子さん、何か、別のことを考えてる？」

「あ……それは」

大輔に恥ずかしい思惑を見透かされた気がして、口にすべきかどうか躊躇ってしまう。

そのとき、彼はグイッと顔を近づけてきたのだった。

「答えなくてもわかってる。俺に抱かれながら、他の男のことを考えてたんだろう？　さて、イケナイ子にはおしおきが必要だな」

そんなつもりではなかった、と声にする寸前――嚙みつくように唇を奪われた。

優しいキスは鳴りを潜め、獲物を仕留めるような荒々しいキスに変わる。息苦しくなって唇を開いた瞬間、その隙間から彼は舌を押し込んできた。

挿入された舌は猛獣のように暴れ回り、口腔内を蹂躙《じゅうりん》する。

歯列から口蓋まで乱暴に舐め回した挙げ句、杏子の舌を搦めとっていく。それはエントランスのときとは違う、欲情に駆られた男と女のキスだった。

情熱的なキスに夢中になっていると、今度はいきなり胸を鷲摑みにされた。

「んんっ……あ、あぁ、んっ」

「思ったより大きい。Dカップってとこかな?」

ずばり言い当てられて、杏子は焦った。

「ど、どうして、そんなこと……」

「大人の経験ってヤツだから、気にしない、気にしない。そんなことより、君の胸は俺の掌にスッポリと収まって、とっても揉み心地がいい。あとは……感度かな?」

彼は強弱をつけながら、優しく……激しく……杏子の胸を揉み始めた。

「あ……や、んっ」

口づけたときの荒々しさが消え、実に紳士的な愛撫《あいぶ》だった。

男性に身体を触れられている、という緊張が少しずつほぐれてきて、やがて、胸の先端が硬く尖《とが》ってきた。

「あっ……はぁ、う……ぁ、ふ」

甘い声がこぼれるたびに、杏子は必死で口を閉じるが、しだいに息が上がり始める。

ハアハアと荒い息がバスルームにこだまして……直後、彼はシャワーで泡を洗い流し、すかさずツンと尖った胸の頂に食いついた。

「あぁっ！　あ……やだ……大輔さ……やぁっ！」

シャワーのお湯とは比べものにならない熱に包み込まれ、胸の先端が溶けてしまいそうなほど熱い。

生まれて初めてのこそばゆい感覚に、身をくねらせて逃げ出したくなる。恥ずかしくて堪らないのに、その恥ずかしさを上回る快感が杏子の全身を貫いた。

しかも、ねぶられているのは胸なのに、なぜか下腹部のほうが疼《うず》くのだ。

そんな杏子の気配を察したのか、大輔の手が彼女の下腹部に伸びてきて……。

「感度も抜群だ。でも、本当に嫌？　ここからが本番なのに？」

甘やかな声に、杏子は腰が砕けそうになる。

「ほ、本番って……あ」

黒い茂みを掻き分け、大輔の指が脚の間に押し込まれた。

花びらの奥に潜んだ淫芽を、彼の指先がユルユルとこねくり回す。

男性に秘められた場所を愛撫されている。それはいつか、自分も経験することだと思ってきた。もちろん、結婚式を挙げたあとに——。

(そう、思ってきたけど……でも、もうどうでもいい。ううん、大輔さんになら……わたしのすべてを知ってほしい)

次の瞬間、大輔の指が蜜窟の入り口に触れた。

「やぁ……そこ、そこは……あぅ」

「ここが、何?」

ツプンと指先が蜜窟に滑り込んだ。

奥まで押し込まれる——そう思って身体を固くしたが、彼は長い指を第一関節辺りで軽く折り曲げ、浅い部分をこすり始めた。

「はぁうっ!」

異物の侵入を受け、杏子の腰がピクンと跳ねる。

「痛かったら言ってくれ」

気遣うようなことを言いながら、大輔の指に膣内《なか》をこねくり回され、躰の奥がズクンと疼いた。

「んっ、あ、あ、ぁ……っ、やぁーっ!」

我慢しようとしても、どうしても声を抑えることができず……。

その瞬間、杏子は下肢を戦慄《わなな》かせていた。

秘所がじんわりと温かくなっていく。同時に、蜜窟から溢れ出た愛液が、杏子の内股をトロリと伝った。

「ああ、もうグチュグチュだ。ほら、コレって、シャワーのお湯じゃないだろう？」

大輔は指先で内股をなぞり、杏子の目の前に突きつける。

彼の指先には粘り気を帯びた液体が絡みついていて、それはたった今、杏子の躰からこぼれ落ちた蜜液だった。

「や、やだ、恥ずかしいから……見せないで、ください」

「どうしようかな？　じゃあ、舐めてしまおう」

大輔が自らの中指を舐めようとするのを見て、杏子は慌てて彼の手を止めた。

「そっ、それも、恥ずかしいからダメッ！」

「だったら、君からキスしてくれる？」

杏子はコクンとうなずき、背伸びして彼に口づける。

五つ数えて、離れようとしたとき、大輔の手が彼女の腰に回された。離れかけた唇を追いかけるようにして、強く押し当ててくる。

ふたりは隙間もないくらい抱き合った。

杏子の背中がタイルの壁に当たり……シャワーの向きが変わって、ふたりの頭上から優しい温もりのお湯が降り注いだ。

唇が離れたとき、名残惜しそうな銀糸がふたりの間を繋ぎ――。

「杏子さん、そろそろベッドに行きたい」

大輔の声は熱に浮かされたようだった。

その声を耳にして、杏子はキスをねだられたとき以上の速さでうなずいていた。


寝室に入ったとき、正面の大きな窓から見えたのは空港の夜景だった。

ちょうど飛行機が飛び立つ瞬間で――今夜、大きく羽ばたこうとしている杏子の気持ちにピッタリと重なる。

キングサイズのベッド、白いシーツの上に鮮やかな紫色のベッドスロー、その上に散らされた真紅の薔薇の花びら……。

どこからどう見てもロマンティックなハネムーン仕様だ。

水滴を拭うためにバスローブは羽織ったが……たっぷりと水を吸った長い髪は、そう簡単には乾いてくれない。

ベッドに転がされたとたん、シーツが湿っていくのがわかる。

「ちゃんと乾かさなきゃ、シーツが……濡れてしまいます」

杏子が小さな声で呟くと、少し離れていた大輔が戻ってきた。

「気になるか？　でも、どうせすぐに、別の液体で濡れることになるぞ」

「別の……って？」

返事の代わりに大輔は彼女のバスローブの裾を開き、脚の間にしゃがみ込んだ。

彼の唇が下腹部に押し当てられ、そのまま大事な部分へと下りていく。

「きゃっ⁉　やだ、待って！」

必死で閉じようとした脚を摑まれ——彼は自分の肩に担ぐようにして、杏子の両脚を開かせた。

（やだ、電気も消してないのに……これじゃ、全部見えちゃう！）

心の中で焦るが、本気で抵抗する気にはなれない。そのとき、杏子はほんの数分前、彼の指でまさぐられた場所にキスされたのだ。

「あぁっ！　や……ぁ」

舌の動きは実になめらかで、彼女に快感を与えながら花びらを押しのけていく。

あっという間に花心まで探り当てられ、敏感になった淫芽をパクッと咥《くわ》えられた。

彼の口の中は、火傷しそうなほど熱い。灼熱《しゃくねつ》の舌は生き物のように蠢《うごめ》き、ジュルジュルと音を立てて吸いついてくる。

「やっ……あっ、あぁ、あ、あ、あ……ダメ、ダメーッ‼」

シャワーブースで愛撫されたとき以上の悦びに、杏子の頭の中は真っ白だった。

快感につられて身体がピクピクと跳ね、そのせいで舞い上がった薔薇の花びらが、白い肌を情熱的に飾り立てた。

大輔はその一片を拾い上げ、快感にひくついたままの花心を軽くなぞる。

「きゃぁん！」

「余韻が続いていて何より……でも、君の花びらは、薔薇というより桜だな。しかも奥のほうは、桃のように初々しいピンク色だ」

彼は一旦口を閉じると前屈みになり、

「桃から滴り落ちる蜜の味は、とても甘くて美味しかった」

「……!?」

卑猥《ひわい》な言葉をささやかれたはずなのに、杏子の躰からはさらに甘い蜜が溢れてくる。はしたない温もりが、割れ目から臀部へと伝っていき……思わず、腰を揺らしてしまいそうになった。

何が何だかわからなくなったとき、濡れそぼつ場所に熱い昂りが押し当てられた。

小さな水音が聞こえた直後、蜜のとば口がググッと押し広げられ……杏子の躰に大輔が入り込んできた。

「あ……あぁ」

「力を抜いて、大丈夫、君のことは傷つけない。痛くはしないから」

その言葉どおり、彼はゆっくり、ゆっくりと侵入を深くする。

シャワーブースで彼の裸を見たとき、目の端に男性のシンボルも映った。

それはまるで、蛇が鎌首を持ち上げようとしている途中のような……緩く勃《た》ち上がっていたのだと思う。

でも今、杏子の体内に感じている大輔自身は、もっと逞しくて雄々しいものだ。

（さっき見たときより、大きくなった？　それとも、わたしが初めてだから、そう感じるだけなの？）

ギュッと目を閉じていると、まぶたの上に優しくキスされる。

「本当に嫌なら、今からでもやめられる。俺は……君の人生の〝後悔〟にはなりたくないから……」

目を開くと、大輔は心配そうに彼女の顔を覗き込んでいた。

嫌なわけがない。もし、何もないまま離れてしまったら、それこそ、杏子は一生後悔する羽目になるだろう。

両手を懸命に伸ばして、彼の首に抱きつくと、今度は杏子からキスしていた。

「後悔、したくないから……自分から、あなたを追いかけたんです」

子供のころ、目標やスケジュールがきっちり決まっているほうが安心だった。

でも、いつからだろう？　現在のことは見ずに、未来ばかり思い描くようになってしまったのは。

父はもともと、娘たちにうるさく言う親ではなかった。母は文字どおりうるさいが、思いつきを口にするだけで、何ごとも深刻に考える人ではない。

それなのに、先のことばかり考え、病院を継ぐことも、産婦人科医の婿養子を迎えることも、義務のように思っていた。

「わたし、生まれ変わるんです。将来のことばかり気にして、生きるんじゃなくて……今を、後悔しないように生きたい」

婚約者にフラれて自棄になっている、と大輔は思うかもしれない。

それとも、杏子の言い分は我がままなことだろうか？

杏子は食い入るように彼の瞳をみつめ続け……大輔は楽しそうに笑った。

「OK。新しく生まれ変わるなら、君には盛大に〝啼き声〟を上げてもらうとしよう」

「え？　泣き、声って……あっ」

泣き声の意味が違う気がして、杏子が尋ねようとしたとき、大輔は大きく腰をグラインドさせた。

思わせぶりな、ゆったりした大きな動きだった。少し前まで浅い部分にとどまっていた肉棒が、ズズッ……ズズッと滑り込んでくる。

「あ……あ、あ……大輔さ……んんっ」

徐々に広がっていくのがわかり、変な感じだった。

「痛いか?」

彼の問いに、必死で首を横に振る。

不思議と痛みはなかった。あるのはただ、体内に異物が挿入されていく、モゾモゾした感じだけ……。

(これが、セックスなんだ……わたしの中に、大輔さんがいる)

杏子がじわじわと込み上げてくる幸福感に浸っていたとき、ふいに淫芽を抓まれた。そのまま、容赦なく、指先でこすり始める。

突然の強い刺激に、杏子は頤《おとがい》を反らせて声を上げた。

「ああっ! やっ、そこ、ダメ……ダメ、あっ、あっ、あっ、あっ」

彼に抱きついたままではいられず、手に触れたものを強く握りしめる。

その瞬間——逞しい雄身が杏子の躰を貫いた。

痛みは一瞬だった。まるで、蜜窟の天井を穿《うが》たれたかのような衝撃に、杏子は脚をピンと張る。

その間も、大輔の指は彼女の淫核を弄り続けた。

「あ、あ、あっ、あっん……あ、あ、あぁっ」

一度、色めいた声が出てしまったら、あとは際限なく口からこぼれてしまう。

それもこれも、敏感な部分をもてあそびながら、同時に、膣奥の隅から隅まで掻き混ぜる大輔のせいだった。

彼の欲棒は蜜襞を擦り上げるようにして引っ掻き回す。

だが、しばらく耐えていると、杏子の躰がその大きさに慣れてきたのか、違和感が消えて快感のみ増していった。

「ん？　膣内《なか》も気持ちよくなってきたのかな？」

「ど、うし、て？」

どうしてわかるのか大輔に聞きたいのだが……これ以上声を出すと、喘ぎ声だけになってしまうだろう。

杏子の快感に耐える様子を見て、彼はフフッと笑った。

「俺たちは繋がってるんだぞ。——最初は硬くて、押し込むこっちも痛いくらいだった。でも今は、だいぶほぐれて、ああ……ほら、また蜜が奥から溢れてきた」

そう言われた瞬間、躰の奥がズキンと疼いた。

繋がった場所から快感が波紋のように広がっていく。

「クッ！　また、奥がキュッと締まった。そんなに気持ちいい？」

杏子は二度三度とうなずき、

「……気持ち……いい、です」

問診でもないのに、馬鹿正直に答えていた。

(やだ、もう、わたしったら、何を言ってるのかしら……恥ずかしい)

羞恥に頰が火照《ほて》ってくる。

思わず、両手で顔を隠してしまったとき……膣内《なか》で、大輔の昂りがピクンと跳ねた。甘い刺激を受け、杏子の全身に愉悦の波が押し寄せる。

「ああ、クソッ、また……杏子さん、ちょっと、我慢してくれ」

大輔は困ったように呟いたあと、彼女の腰を摑んで抽送を始めたのだった。

受け止めていた彼の重みが、少しずつ軽くなっていく。と同時に、ふたりの距離も遠ざかり、情熱の剣が胎内から抜かれていった。

そのまますべて引き抜かれてしまったら、ふたりの繫がりは何もなくなってしまう。

杏子は怖くなって、必死で彼の腕を摑んでいた。

「や……抜いちゃ、やだ……まだ……あっ、んん……抜か、ないで、くださ……い」

大輔はそんな彼女の手を取り、掌に唇を押し当てたのだ。

「大丈夫、まだ抜かない。ただ……もっと長く持つはずなんだが、君の躰があまりにも気持ちよくて、射精《だ》さずにはいられそうにない……ごめん」

息を吐きながら、そのまま勢いをつけて、ふたたび奥まで押し込む。その緩やかな動きはしだいに加速し、一定のリズムを刻み始めた。

激しくなる一方の律動を受け、膣口にわずかな痛みを覚えたとき――。

大輔の動きがピタッと止まった。

下腹部を強く押しつけられる。彼の雄身は杏子の躰の一番深い部分まで入り込み、ピクンピクンと大きく痙攣《けいれん》していた。

それが何を意味するか、ほんの数分前まで処女だった杏子にもすぐにわかることだ。

快感に身を投じていたのは、自分だけではなかった。大輔も満足してくれたのだ。そう思うだけで、幸福感に満たされていく杏子だった。


抱き合ったまま横たわり、どれくらい経っただろう？

ふたりの荒い息遣いもようやく収まり、寝室は静寂に包まれる。

そんな中、杏子の鼓動は少しも鎮まる気配がない。

夢中になっているときは平気だった。だが、冷静になると……自分が今、全裸で男性と抱き合っていることに驚いていた。しかも、何度もキスして、全身余すところなく見られ、最終的には男女の関係で最も親密な行為まで許してしまった。

（それも、昨日？　時差があるから一昨日？　ああ、どっちでもいいわ。とにかく、会ったばかりの人と……しちゃった）

そのとき、ベッドがわずかに軋んで、大輔の彼女を抱く手に力が込められた。

「気分はどうだ？　俺のこと、ベッドから蹴り出したくなってないか？」

恐る恐る尋ねてくるので、杏子はつい笑ってしまう。

「やだ、もう、大輔さんったら！　そんな気持ちになんて、ゼーンゼンなってません。ただ、自分で自分にビックリしてるだけです」

同僚の看護師たちが『合コンでお持ち帰りされちゃった』といった話題で盛り上がっていても、杏子だけはいつも聞き流していた。

でも心の奥では――彼女たちの話題に加わりたい気持ちが半分。

残りの半分は、同じようにしたくても、きっと自分にはできないだろう、という諦めの気持ちだった。

そのことを正直に話しつつ、

「ずっと認められずにいたけど、本当は羨ましかったんです。同僚だけじゃなくて、妹のことも……。いいなって思った人に誘われたからエッチしちゃった、なんて聞くと、『不謹慎な！』って叱るフリして、妬んでたんです。嫌なお姉ちゃんですね」

「俺には兄弟がいないから、その辺はよくわからないけど……。結果的に、妹に何もかも譲ってきたんだろう？　君は、いいお姉ちゃんだよ」

大輔の言葉を聞くとホッとする。

それは……きっと彼が、杏子の望む言葉を与えてくれるからだ。

杏子は嬉しくなって、彼の胸に頬ずりした。

女性とは比べものにならないほど硬い。実際に触れてみて、男性の筋肉は鎧のようだった。杏子が力任せに殴っても、きっとびくともしないだろう。

だが、とても温かかった。

この温もりに包まれているだけで、簡単に至福を味わうことができる。それは彼の体温が人より少し高いからでなく、言葉や行動に優しさが滲み出ているせいに違いない。

「大輔さん、ひとりっ子なんですね。意外でした」

「どうして?」

「周りのことをしっかり見ていて、気遣いが行き届いているから……。てっきり、弟妹がたくさんいる第一子長男だと思ってました」

杏子がそう言ったとき、肌を通じて、大輔の妙な気配が伝わってきた。

「あの、大輔さん?」

「ああ、ごめん。いや、よく見てるな、と思って。弟妹はいないけど、弟妹に近い存在が二桁はいたから」

「二桁!?」

それはいったいどういう状況なのだろう?

だが、杏子が尋ねるより早く、彼は教えてくれた。

「俺は都内の養護施設で育ったんだ。両親が……早くに死んで、近い親戚もいなくて……だから、日本に戻っても顔を見せる家族はいない。今回も墓参りに戻っただけだよ」

大輔はこれまで何度も説明してきた、といった様子でペラペラと話すが、杏子の驚きはそれどころではなかった。

家族のことを尋ねた不注意を謝罪したいが、逆に気を悪くさせる場合もある。考えれば考えるほど、言葉が出てこない。

そんな杏子を見るに見かねたのか、大輔のほうから口を開いた。

「両親のことは記憶にないんだ。俺はまだ、赤ん坊だったから……昔のことだ、気にしなくていい。もし気遣ってくれるなら、この話題はこれきりにしてくれるかな?」

「わかりました。でも、これだけ……」

理屈ではなく、込み上げてくる感情に突き動かされ、杏子は彼に向かって手を伸ばした。大輔の頭をそうっと包み込むように抱きしめる。それは、母親が生まれたばかりの子供を胸に抱いたときのように、優しく、それでいて、しっかりと。

すると彼は自ら身体を動かして、彼女の肩口に額を押しつけてきたのだ。

「……いい香りがする」

「さっきの、ボディソープの香りだと思いますけど」

「いや、君の香りだ。でも……ちょっとこれは、マズイかもしれない」

「え？」

杏子は無意識のうちに、大輔を傷つけるようなことをしてしまったのだろうか、と不安になる。

だが、彼が言いたいのは別のことだった。

「ちょっと、手を――」

大輔は杏子の右手を摑むと、そのまま、ブランケットに隠れた腰から下の部分まで持っていく。

掌に触れたのは、やけに熱くて硬い棒状のものだ。しかも、ローションでも塗ったようにぬめっていて……。

「だ、大輔さん⁉　これって」

「君の香りを意識しただけでこうなったんだ。十代に戻ったみたいな元気のよさだろう？俺も困ってる」

あまりにもあっけらかんと、雲ひとつない青空のような笑顔で告白されては、杏子も笑うしかない。

「そういうのって、ジッとしていたら、元の……サイズに戻るものなんですか？」

男性器について――医学的なことは習ったつもりだ。しかし、ベッドの上で屹立《きつりつ》した状態から元に戻すための方法、なんてことは教わらなかった。

（当たり前よね？　だって、産科で重要なのは原因じゃなくて結果っていうか……ああ、違うったら……もう、何考えてるのよ）

これまで、『セックス＝妊娠＝結婚』といった考えが、頭の片隅から消えなかった。でも今は、それぞれが独立してしまったかのようだ。

はしたない、と決めつけていたことが、知りたくて仕方がない。

そんな突飛な質問に、大輔は真面目な顔で答えてくれた。

「今ならまだ、戻ると思う。でもキスしたり、触れ合ったりしたら……射精《だ》さなきゃ落ちつかないだろうな」

彼の返事を聞いて、杏子は退けようとした手を止め……指先でソッと触れる。

大輔の息を呑む気配を感じた。

「きょうこ、さ……ん。こういう状態の男をからかったら、火傷するぞ」

一気に目の色が変わる。

エレベーターの中で『君が欲しい』『君と離れたくない』そう言ってくれたときの、情熱を宿した瞳の色に――。

「わたし、大丈夫ですから……もう一度、抱いて……ください」

彼のペニスに触れたまま、甘えるようにささやいた。

するると、大輔は大きく息を吸い、

「嬉しいけど、今すぐは無理かな」

「どうして？」

「残念ながら、紳士のたしなみは一回分しか持ってなくてね。君とこうなるってわかっていたら、一ダースは用意しておくんだった」

本当に残念そうに目を閉じながら言う。

そのとき、杏子はハッとした。

「ちょっと……待っててください」

そう言って大輔から離れるなり、ベッドの端から滑り出て、床に落ちているバスローブに袖を通す。

立ち上がると、脚の間に違和感があった。

まだ、そこに何かが挟まっているような……初めての経験を実感して、顔が熱くなる。

彼女が早足で向かったのは、エントランスだった。置いたままになっていたトランクを寝室まで引っ張ってきて、急いで鍵を開けてみる。

「杏子さん？」

トランクを開き、詰めたときの記憶をたどりながら、ゴソゴソと中を探る。

お目当ての小さな箱はすぐに見つかった。杏子は取り出すなり、満面に笑みを浮かべて、大輔に見せたのである。

「コレ……ですよね？　紳士のたしなみ？」

杏子が手にしているのは、どこにでも売っているコンドームがひと箱。もちろん新品だ。ハネムーンの準備をしたとき、杏子は乏しい男女交際の基礎知識を掻き集め、コンドームは男性が用意するものと結論づけた。しかし……よくよく考えれば、具体的な家族計画について、達也と話し合ったことなど一度もなかった。

結婚した以上、夫婦生活を拒否するつもりはない。だが、それと避妊は別物だ。達也も同じ考えでいてくれたらいいが……。

それが違ったときのため、杏子は結婚式の前日、ドラッグストアまでコンドームを買いに走ったのだった。

そういった事情を説明しようとするが、

「さすが、ガーターベルトといい、淑女のたしなみには敵わない」

大輔はベッドの上に半身を起こすと、愉快そうに笑い始めた。

「ち、違います！　ハネムーン用ですから！　結婚が取りやめになってから、用意したわけじゃありませんからね！」

「はいはい、もちろん、君の言うとおり」

「大輔さん！」

「わかったから、早くおいで。腹ごしらえはしてあるし、ゴムだって……君のおかげで一ダースもある。いっぱい楽しもう」

極上の笑みで手を差し伸べられたら……それ以上は言い返す時間がもったいなく思えた。

大輔の笑顔をもっと見ていたい。優しくて、頼りがいがあって、操縦桿を握っていた彼はとても素敵だった。情熱的なキスも、野性的なセックスも、それでいて紳士のたしなみを備えているところも……すべてに惹きつけられる。

ワーカホリックを理由に強制的に休暇を取らされた彼——そしてその理由が、赤ん坊のときに両親を亡くし、養護施設で育ったからだろうということ。

もっと知りたいけど、これ以上は聞かない。彼を傷つけたくない、彼に嫌われたくないから……。

これは恋だと思う。

いや違う、これが恋だと思う。

だが、大輔にとって杏子は、イギリスにいる間だけ……休暇中の恋人にすぎない。

(だから、何?　わたしの人生に、レールなんて敷かれてなかった。そうよ、どこにだって飛んで行ける！　心のままに、思いっきり恋だってできる！)

杏子は自らバスローブを脱ぎ捨て、大輔の胸に飛び込んだ。

☆　☆　☆

英国ハネムーンツアー、正式には〝ロンドン・コッツウォルズ・湖水地方　憧れの英国ハネムーンツアー　八日間〟。

初日はマンチェスター市内、二日目は湖水地方のホテルに宿泊。

三日目の昼に湖水地方を出発して、列車でコッツウォルズ地方に向かう。

到着は夕方なので、コッツウォルズ地方を観光するのは四日目。コッツウォルズ地方に二泊して、五日目の昼にはロンドンへ。

最終目的地のロンドンでは二泊する。

六日目はロンドン市内をフリータイムで観光し、七日目の朝、ヒースロー空港を出発。機中泊し、日本時間で八日目の早朝、羽田空港に到着する。

以上がツアーの大まかなスケジュールだ。

ツアーに参加しているのは二十代から三十代といった七組のカップルで十四名……の予定が、ひとり欠けてしまったので計十三名。

ツアー二日目の朝、杏子が集合時間にツアーで泊まる予定だったホテルの前に駆けつけると、添乗員の美穂が待っていてくれた。

美穂は慌ただしくやって来た杏子の顔を見ながら、

「大変だったわね。でも、着陸トラブルのおかげで、イケメンパイロットの彼と上手くいったってとこかしら？」

思わせぶりに笑う。

「そ、それは、まあ、そんなとこです」

これから大輔の同行を頼む以上、『違います』とは言えず、杏子は照れ笑いを浮かべながら正直に答えた。そして恐る恐るお願いすると、美穂は前言を撤回することなく、実にあっさりと承諾してくれたのだった。

「航空チケットなんかは変更できないけど、オプショナルツアーやフリータイムに入れたお店の予約なら平気よ。もともと現地決済だしね」

ツアー客として対応することはできないが、杏子が誰とどんなふうに観光しても、添乗員が口を挟むことではない、ということらしい。

ただ、ツアー客の中には、杏子がひとりで参加していることに気づいた人もいるだろう。そういった人とレイククルーズで一緒になった場合、杏子にいきなりパートナーが現れたら、不思議に思うのではないだろうか？

飛行機の中には、ツアー客以外でも、フランクフルトで乗り継いでマンチェスターまでやって来た日本人は大勢いた。大輔もそのひとりで、とくに目立ってはいなかったはずだ。

着陸寸前にエンジンから出火したり、機体が大きく揺れたりしたドタバタで、杏子の隣に座っていた男性が、窮地を救ってくれたパイロットだということも、気づいていないかもしれない。

だが、ツアーの行く先々で同じ日本人男性の顔を見たら、さすがに変だと思うだろう。

そんな杏子の心配を、美穂は一笑に付した。

「大丈夫、大丈夫。その点、全然、気にすることないわ」

「どうしてですか？」

「だって、見てちょうだいよ」

普通の海外ツアーであれば、見知らぬ外国ということもあり、ツアー客同士に仲間意識が生まれるケースも多い。だが今回は『ハネムーン』と銘打ったツアーで、申し込みはカップルに限定されていた。杏子を除く六組のカップルは、誓い合ったばかりの永遠の愛を育むほうに必死で、他の参加者とは挨拶を交わす程度だという。

美穂は苦笑しながら、

「早々に、オプショナルツアーはキャンセルして、ウィンダミアに着いたらすぐホテルにチェックインしたい——って言ってきたカップルが三組もいたわ。皆さん、真っ昼間からホテルに籠もって何をすることやら……って、杏子ちゃんも？」

「そ、そんなわけ、ないです！　わたしは、レイククルーズに参加するために……」

「やだ、もう、ただの冗談！　それに、慣れてるから平気よ。だって、ハネムーンツアーは毎回こうだもの」

美穂はあっけらかんと笑っている。

「そういえば、彼はマンチェスター大学の出身だっけ？」

「え？　ええ、そうです」

杏子は答えながら、美穂にフランクフルト空港で大輔のプロフィールを話したことを思い出す。

「だから、ウィンダミアのほうも詳しいらしくて、だい……えっと、桜木さんが、いろいろ案内しようっておっしゃって」

「じゃあ、こっちもできる限り融通利かせるから、〝ハネムーン〟をしっかり楽しんでね！」

「はい！　あ……でも、昨日の件で会社から連絡があって、空港に寄ってから合流するそうなので、一本遅い列車になるかも……そのときは、ウィンダミアの駅で待つ約束なんです」

昨日の話を杏子が口にしたことで、美穂は何か思い出したようだ。

彼女はとたんに声を潜め、

「そうそう、その件だけど、〝乗客乗員を救った英雄、キャプテン・サクラギ〟ってニュースで連呼されてたわ。ネットでも盛り上がってるって話だから、彼だってことは知られないようにしたほうがいいんじゃないかしら？」

その指摘に杏子はドキッとした。

なぜならそれは、スイートルームを出る直前、大輔にも言われたことだった。

『実はフルネームで報道されたんだ。顔写真はハッキリしたものは出てないと思う。ただ、平気でプライバシー侵害してくる連中もいるから……とりあえず、ツアー客に俺の名前は出さないほうがいいな』

ドクターコールに応じた杏子は、日本人看護師と報道されているだけなので、とくに取り沙汰されることはないだろう、と彼は付け加えた。

昨日、病院にいるとき、母にだけは無事イギリスに入国した、と電話で連絡した。

マンチェスター空港で起こった緊急着陸について、日本でどれくらい報道されているのかわからない。もし、問い質されたら――着陸時にちょっとしたトラブルがあった、程度に話そうと考えていたが、母は何も言わなかった。

どうやら、緊急着陸の件すら気づいていないようだ。ひょっとしたら、そのニュースと杏子を結び付けていないのかもしれない。

（普通にハネムーンに出発していたら、きっと気にしてくれてたと思うんだけど……。そ

れどころじゃないくらい、達也さんと舞子の件でゴタゴタしてるんだろうな）

花嫁不在になった結婚式や披露宴を、いったいどんな形で終わらせたのだろう？

ふたりの将来や舞子のお腹に宿った子供について、話し合いに決着はついたのかどうか
……気にならないと言えば嘘になる。

だが今は何も考えたくない。

杏子は小さく頭を振ると、

「わかってます。彼も同じような心配をしてました。他の方に気づかれそうになったら、適当にごまかしますから」

心の中を、大輔と過ごすレイククルーズのことだけに切り替えたのだった。


「あれ？　同じツアーの人だよね？」

ウィンダミアの駅前に立ち、大輔の到着を待っていた杏子は、日本語で声をかけられた。

ツアー客のひとりで、たしか……搭乗ゲート近くのベンチに座り、イチャイチャしていたカップルの男性ではないだろうか。髪は長めの明るいブラウン、遠目にはもう少し年上に思えたが、こうして話しかけられると、杏子と同じ年ごろに思える。この分なら、女性のほうはもっと若いのかもしれない。

同じツアーの参加者とは、羽田空港で初めて顔を合わせ、軽く自己紹介した。名前を口にした程度だったが、正直、あのときの杏子は、新婚カップルの顔を真正面から見られる心境ではなかった。そのせいか、必死で名前を思い出そうとするのだが、全く浮かんでこない。

「はい、そうです。えっと、ごめんなさい、お名前を聞き漏らしてしまって……」

「あー、僕も顔しか覚えてないや。斎藤新伍《さいとうしんご》って言います。これでも社長でさぁ、都内にビルやマンションをいくつも持ってるんだ」

「それは……すごい、ですね」

他に返事が思いつかなかった。

ビルやマンションということは、不動産会社の社長だろうか？　外見で判断して申し訳ないが、この斎藤からは、社長という肩書きが全く想像できなかった。スーツは有名なイタリアブランドのようだが、緩んだネクタイといい、どうも服だけが浮いている。

だが、同じツアー客の肩書きの真偽など、追及すべきではないだろう。

「わたしは、小鳥遊杏子です。仕事は……」

ここで看護師と言ってしまったら、機内のドクターコールで名乗り出たのは自分だ、と告白するようなものだ。

「こ……寿退社してしまったので、今は無職……ですね」

杏子は少し躊躇い、嘘をつくのではなく、曖昧《あいまい》な返事を選んだ。

「それってさ、専業主婦って言ったほうがいいんじゃない？」

「あ、そういえば、そうですね。でも、なんだか慣れなくて……」

主婦になりそこねた身としては、『専業主婦』を名乗るのはどうにもおこがましい。

杏子は斎藤の横に妻がいないことに気づき、辺りをキョロキョロと見回した。

「斎藤さんの奥様なら、専業主婦じゃなくて社長夫人ですね。羽田でお見かけしたとき、とても仲がよさそうで……あの、奥様はどちらに？」

「さあ、どこに行ったんだろうなぁ」

「……は？」

予想外の返事に、杏子はポカンと口を開けたまま首を傾げる。

「アイツのこと、まだよくわかんないんだよねぇ。うちは見合いっていうか、親の命令っていうかぁ……まあ、そんな感じだから」

「は、はあ」

「実はさ、結婚するまでエッチなしって言われて……その分、初夜は燃えたんだよねぇ。でも回数重ねると、彼女、マグロでさぁ。なーんか飽きてきたんだけどって言ったら、怒ってどっかに行っちゃった」

「行っちゃったって……」

まさに、開いた口が塞がらない。

怒ったまま姿が見えなくなったというなら、早めに捜したほうがいいだろう。怒りが鎮まらず帰国なんてことになれば、添乗員の美穂を通す必要が出てくる。そうでなくとも、状況によっては彼女の身が危険かもしれないのだ。

「あ、あの、本当にどこに行ったかわからないなら、添乗員さんにお伝えしたほうがいいと思います。奥様、イギリスだけじゃなくて海外旅行のご経験は？　英会話はどうですか？　携帯電話はかけてみました？」

「うーん、アイツ、いいとこのお嬢だからさ、海外旅行は慣れてると思うよ。イギリスは、どうかなぁ。英語は、少しくらいなら話せるんじゃない？」

杏子は矢継ぎ早に尋ねるが、当の斎藤は気の抜けた炭酸水のような返答だった。まるで他人事だ。

これには、杏子のほうが苛々してきた。

「斎藤さん……奥様のこと、心配じゃないんですか!?」

「心配？　なんで？」

「なんでって……ハネムーンでしょう？　見知らぬ土地で奥様の所在がわからなくなったら、普通は心配するものなんじゃ」

すると、斎藤は弾けるように笑ったのだ。

「あーないない。子供じゃないんだから。そもそも、親の決めた結婚だし、ハネムーンにイギリス選んだのだって、アイツと親が勝手に予約したんだし……。僕はハワイとか？ビキニの美女なんかがいるとこがよかったのにさぁ」

斎藤の発言は、達也とのやり取りを彷彿させた。

ハネムーン先を決めるとき、杏子が『イギリスに行きたい』と言うと、

『僕は南の島がいいんだけど、君がどうしてもと言うなら付き合ってもいい。でも、ハードなスケジュールは勘弁してくれ。あまり寒いのも嫌だ。ホテルも五つ星以下は泊まらない。ああ、それから……』

注文の多さに杏子のほうが諦めようとして、『わかったわ。じゃあ、あなたが行きたいところに決めて』と言うと、今度は、

『僕は君の希望を叶えてやろうと言ってるんだ。君が決めたらいい』

そう言って決定権を杏子に委《ゆだ》ねてくるのだ。

(旅行会社で美穂先輩に会わなかったら……きっと、イギリスには決まってなかっただろうなぁ)

今になって思えば、一事が万事、そんな感じだった。

すべてを杏子任せにするくせに、達也の希望どおりにいかなければ、何度でも同じやり取りを繰り返す羽目になる。最終的には、杏子のほうが妥協を余儀なくされた。

それにもかかわらず、達也は何も知らない第三者に——。

『結婚に関することは、すべて彼女に決めてもらってます。僕は婿養子に入る身ですし、なんといっても彼女の夢を叶えてやりたいので』

それを聞いた第三者は口々に達也を褒め称えた。『最高のお婿さんをみつけたね』『杏子さんが羨ましい』と。

人に責任を押しつけ、自分のせいではないと言う。

その無責任さが達也と重なり、思わず怒鳴りつけたくなるが……それより、まずは斎藤の妻のほうが心配だ。

杏子にできることは多くないが、まず、美穂に連絡を取ってどうするべきか相談しよう。

そう思って携帯電話を取り出したとき——その手を斎藤に摑まれた。

「どこに連絡すんの？」

ここまでの斎藤からは想像もできない低い声で問われ、杏子はビックリする。

「てん……添乗員の、笠松さんです。奥様が……ウィンダミアから離れてしまったら……何かあったとき、彼女の責任になりますし」

そう言うと、すぐに手を放してくれると思った。

ところが、斎藤は逆に、もっと強く握りしめてきた。

「他人のことよりさ、あんたの旦那は？　なんかよく覚えてないけど、ひとりでいるほうが多くない？」

「うちは……別に、喧嘩《けんか》なんてしてませんから。ただ……事情があって、同じ列車で来られなかっただけです。もうすぐ到着……きゃ」

正確に言うと大輔は『旦那』ではない。

だが、ここでそういった事情を話すわけにもいかず……。

そんなあやふやな心情が、斎藤に伝わったのかもしれない。彼は信じられないことに杏子の肩に手を置き、抱き寄せようとした。

「なっ……何を……」

「じゃあさ、お互いの相手が戻ってくるまで、仲よくするってのは？　ここってさ、小さくて可愛いホテルがいっぱいあるらしいよ。そこで、休憩しながら一緒に待とうよ」

驚きのあまり、杏子の身体は固まった。

こういったシチュエーションは経験がない。学生時代も社会に出てからも、杏子の周囲は女性ばかりだった。医師は男性のほうが多いが、産婦人科でセクハラめいた発言をする男性医師など、まずいない。

（裏ではどんなことをしてるか、わかったもんじゃないけど……）

達也の本性はさておき、お酒の席以外で親しげにすり寄ってくる男性は初めてのこと。

突き放すこともできずにいると、どうしたことか斎藤のほうから離れてくれた。

杏子はホッと息を吐く。

だが——。

「ちょっと、あなた！」

ふいに剣呑《けんのん》とした日本語が聞こえ——杏子が顔を上げると、目の前にひとりの女性が立っていた。

二十代半ば、お嬢様風の清楚なワンピースを着て、セミロングの髪を肩の辺りで揺らしている。

だがその顔は真っ赤で、憤慨していることはあきらかだ。

「うちの新ちゃんに何をしてるの!?」

「え？　し、新ちゃん？」

杏子が呆気に取られていると、背後から唸《うな》るような斎藤の声が聞こえてきた。

「さ……紗枝《さえ》、ちゃん、なんで？　だって……だってさ、ひとりで遊びに行くって」

見る間に斎藤の顔色が悪くなっていく。額には大粒の汗も浮かんでいた。

「新ちゃんが……私に飽きたって言うからじゃない!!　もっとふたりっきりでいたいからって、レイクルーズだってキャンセルしたのに……なんで追いかけてこないのよ!?　奥さんが部屋を飛び出したら、普通、追いかけてくるでしょ！」

話の内容からいって、この紗枝という女性が斎藤の妻に間違いないようだ。

斎藤は妻のことを『いいとこのお嬢』と言っていた。たしかに、お皿の一枚も洗ったことがなさそうな、白くて美しい手をしている。指先には宝石をあしらった凝ったデザインのネイルチップ、左手の薬指には大きなダイヤモンドの指輪と重ねてつけたプラチナのマリッジリング、左右の手首にゴールドのブレスレット……いや、片方はブレスレットに見える腕時計のようだ。いったい、全部でどれくらいするのだろう。

それに比べて……実用性が一番、と言わんばかりの自分の手をジッと見る。

杏子が大きなため息をついたとき、紗枝はこちらをキッと睨みつけた。

「あなた、同じツアーの方よね？　どうして、ひとりで参加してるの？　申し込みはカップル限定だったはずよ」

「いえ、ですから、それは」

「ひょっとして、結婚をドタキャンされたとか？　キャンセル費用がもったいないから、ひとりでもツアーに参加したってとこかしら？　いやぁね、貧乏人って」

美しい指先を口元に当て、紗枝はクスッと笑った。

杏子にすれば、中らずといえども遠からず、の指摘に何も言えない。

「言い過ぎだって、紗枝ちゃん。旦那さん、もうすぐ到着するっていうし……」

「そんなの嘘っぱちよ！　その証拠に、この人、指輪だってしてないじゃない！」

彼女はフフンと鼻で笑う。

侮蔑のまなざしを向けられ、杏子は初めて気がついた。

達也にもらったエンゲージリングは、もらったときを含めて三度ほどしかつけていない。帰国しだい返すことになるだろう。結婚式を終えていれば、きっとマリッジリングくらいはつけたままハネムーンに来たのだろうが……。

杏子が右手で左手を覆い隠すと、紗枝は目敏くそこをついてきた。

「ほーら、ごらんなさい！　新ちゃんのことだから、自分は社長でお金持ちだって言ったんじゃないの⁉　この人、自分が不幸だから、幸せそうな私たちの仲を壊そうとしたのよ。そうよね、新ちゃん！」

「え？　あ、ああ、そうだよ、きっと。全然気づかなかったなぁ」

紗枝の決めつけに、斎藤も慌てた顔つきで同意している。

妻のことなどまるで気にしていないかのような斎藤だったが、実際のところは尻に敷かれている状態らしい。

呆れて相手にもしたくないが、杏子は落ちつきを取り戻すなりにっこりと微笑んだ。

「奥様が見つかってよかったですね。可愛いホテルには、どうぞ奥様と行かれてください。わたしはここで彼が来るのを待ってますので」

ほんのちょっとだけ、嫌みを付け加える。

これまでの杏子なら、何も言い返さずに呑み込んでいたかもしれない。でも今は、このまま黙って引き下がりたくなかった。

子供のころからいろんなことに我慢して、ずっといい子でいた。そうすることで、幸福へのレールが敷かれていると信じていた。

でも神様は、仕事も結婚も、杏子が望むものはひとつも与えてはくれなかった。

(ナースになったことに後悔はないし、達也さんにも未練なんかない。それに、この斎藤さんと結婚した彼女が羨ましいとは微塵も思わないけど……でも、なんか悔しい。舞子やこの人に、負けたって気がして)

手に入れたばかりの慣れない自由は、小さなことで杏子の心を不安に陥れる。傍らに大輔がいないことが、大きな要因だった。

『速攻で用事を済ませて駆けつけるから、ウィンダミアで待っててくれ』

大輔は杏子の頬にキスしながらそう言った。

だが、もしこのまま、大輔がやって来なかったら?

杏子はどうすればいいのだろう。

芽生えたばかりの恋心は、たった一夜で雑草のように引き抜かれ、花を咲かせるどころか、ただ枯れていく姿しか想像できない。

(これが、自由の代償なの?　なんの制限もなく、誰のためでもない恋って、なんだか、すごく怖い)

杏子は変わりつつある自分の心の内側に意識を向ける。

そのとき、紗枝が唐突に詰め寄ってきた。

「何よ！　それって、この人にホテルに誘われたって言いたいの？　冗談じゃないわ」

紗枝はよほど頭にきたのだろう。杏子に向かっていきなり手を振り上げた。

(叩かれる！)

杏子が目を閉じて歯を食いしばった瞬間——。

身体が傾くほどの勢いで、背後から抱きしめられた。

自分に何が起こったのか、まるでわからない。杏子が驚いて目を開けたとき、紗枝の手は空を切り、バランスを崩して今にも倒れそうになっていた。

(え？　何？　どうして？)

「杏子、待たせてごめん。でも、この先はずっと一緒にいられるから」

トクンと胸が高鳴り、鼓動はそのまま駆け足を始める。

「大輔さ、ん」

振り返ると、そこに大輔がいた。

「ああ、それから、これ……ホテルのベッドサイドに置きっ放しだったぞ。もう、外さないでくれよ」

言いながら、彼の手が杏子の左手を優しく包み込む。

大輔の大きな手はあっという間に離れ、彼女の薬指に残されていたのは、金色に光るマリッジリングだった。

ナイスタイミングと声を上げたくなる。

(どうして？　わたしのほうは全然気づいてなかったのに……。大輔さん、わざわざ用意してくれたの？)

杏子が左手をみつめていると、

「あれ？　おふたりは同じツアーの方ですよね？　ひょっとして、杏子と一緒にいてくださったのかな？　どうもありがとうございます。私は仕事の都合で一旦キャンセルしたんですよ。だから、ホテルなんかは別に取ってるので、同行できないときは彼女のこと、よろしくお願いしますね」

あまりにも自然な大輔の口調に、斎藤夫妻は声もなくうなずくだけだった。


湖上の風を胸いっぱいに吸い込んだあと、杏子は堪えきれなくなって、フフフッと笑った。

「杏子さん、このクルーズが、よっぽど楽しみだったんだ」

隣からしみじみと呟く声が聞こえ、杏子は慌てて頬を引きしめる。

だが……時すでに遅し、だ。

「ご、ごめんなさい。大好きな絵本の舞台だから、海外旅行をするならイギリスの湖水地方に来てみたいって、ずっと思ってたんです」

急いで言い訳してみるが……不気味な笑みの理由が、まさかそれだけのはずがないだろう。

二階建てのクルーズ船、ふたりの席は、見晴らしのいい二階の最後尾だった。

客席は半分くらい埋まっているだろうか。目に映る範囲に、日本人観光客らしき姿はない。ツアー客の中にもレイククルーズに申し込んだ人たちはいたはずだが、もっと早く出発した船に乗ったのだろう。

湖面を滑る風はとてもまろやかで心地いい。

湖畔に見える木々の緑は色濃く艶めき、見る者の目と心を癒やしてくれた。この深い緑に包まれた森の向こうには、原っぱや畑が広がっているに違いない。

そんな絵本のような世界が容易に想像できて……。

ハネムーンでこの地方を訪れるのは、幼いころに絵本のウサギを目にしたときからの夢だった。もし、ひとりで訪れていたとしても、それなりに杏子の心を慰めてくれたことだろう。

（でも、きっと、今の半分も幸せな気分になれなかったわ）

杏子はさりげなく、左手の薬指に触れる。

気を抜くとすぐに頬が緩んでしまうのは、この指輪のせいだ。

これは周囲の目を欺くための小道具――ちゃんとわかっているつもりだが、シンプルな金の指輪の存在に心が躍る。

こんな気持ちは初めてで、ウフフ……と笑みがこぼれても無理はなかった。

彼女が幸せ気分を満喫していると、

「その絵本って、初っ端に〝にくのパイ〟って単語が出てくる話？」

「そう、それです！　最初に読んだとき、すごいショックでした。でも、そのせいでよけいに忘れられなくて、グッズもいっぱい集めてるんですよ」

絵本について語ろうとしたとき、大輔は彼女より先に声を上げた。

「ショックというより、気になったことがひとつある」

「なんですか？」

「ウサギの肉って、美味いんだろうか？」

「だっ、大輔さんっ!?」

杏子は声が裏返ってしまう。

「そんな話を大学の友人にしたら、ラビットパイのレシピをもらったんだ。でも、古き良き時代と違って、食用のウサギなんか簡単には手に入らなくて……。船を降りたら、〝にくのパイ〃を食わせてくれる店でも探してみる？」

「探しません!!　そりゃ、トンカツも唐揚げも大好きですけど……でも、ウ、ウサギは、食べませんから！」

杏子が口を閉じて横を向くと、大輔の含み笑いが聞こえてきた。

どうやら本気で言ったわけではなく、ひとりで浮かれて笑っている杏子にちょっとした意地悪をしたらしい。

（いつまでも拗《す》ねてるのってイメージ悪いわよね？　どんなタイミングで、怒ってないって伝えたらいいのかな？）

婚約者までいたはずなのに、こんなことでアタフタしている自分が情けない。

思えば、達也とこういったやり取りをしたことがあっただろうか？　というより、一年も付き合っていたのに、どんな話をしていたのか全く覚えていない。

（やだ、わたしったら……今になって思えば、どうしてイギリスに行きたいのか……絵本のことも、レイククルーズのことも話してなかった）

自分のことだけではない。

ハネムーンの行き先で揉めたとき、達也がどうしてニューカレドニアに行きたいのか、杏子は聞こうともしなかった。

裏切ったのは達也のほうだが、ふたりが祭壇の前までたどり着けなかったのは、むしろ幸運だったのかもしれない。

杏子の心に、憎しみでも悲しみでもない気持ちが生まれたとき、膝の上が暖かくなった。下を向くと、ミニスカートに包まれた太ももに大輔のジャケットがかけられていた。しかも、彼はジャケットの上から優しく撫でさすってくる。

「船の上だから、風が強い。ミニスカートだと、寒いだろう?」

大輔は先ほどとは打って変わって、彼女の耳に口を寄せ、蕩けるような声でささやいた。

「そ、それほど、でもない、けど……でも、ありがとう、ございます」

「本当に寒くない? ガーターストッキングなら、大事な場所はショーツ一枚なんじゃないか?」

「大輔さん、こんなとこで……」

驚いて彼の顔を見た瞬間、素早くキスされた。

「俺もトンカツと唐揚げは大好きだ。でも、ラビットパイは一生食べないって約束する。だから、ご機嫌を直してくれ」

「べつに……怒ってません、よ」

「よかった。じゃあ、こうしても――怒らない?」

大輔は右手で彼女の肩を抱き寄せた。

杏子の意識がそちらに向いたとき、ジャケットの下に左手を滑り込ませたのだった。

大きな手がストッキングの上から太ももを撫で始める。そのままスカートの下まで潜り込んできて、杏子は大きく息を吸った。

「ま、待って……ここ、船の上で、大勢の人がいて……あ」

レースのショーツの上から軽くこすられ、下肢がピクッと震える。

「さっき、ウィンダミアの駅前にいたふたり……羽田の搭乗ゲートで見かけた新婚さんだろう？　同じこと、してみたくないかい？」

「同じ……こと」

人の目も気にならないほどの、新婚カップルと同じだけの情熱。そんなものが自分の中にあるのだろうか、と思っていた。

それが今は、エレベーターの中でキスするよりもっと、恥ずかしいことをしている。

杏子は頭の中が真っ白になり、声も出せないまま、コクコクとうなずく。

大輔はそれをイエスの返事と受け取ったらしく、

「そのままジッとしててくれ。声……出すんじゃないぞ」

ショーツの隙間から指が入ってきて、昨夜初めて男性を受け入れた場所に、大輔は直接触れ――。

その瞬間、周囲で笑い声が上がった。

杏子はびっくりして彼の腕にしがみつく。

（やだ、わたしのこと？　わたしたち、見られてるわけじゃ、ないのよね？　エッチなことしてるって、笑われたわけじゃ）

杏子のドキドキが伝わったのか、

「大丈夫。普通の顔をしてたらバレない。あの観光客たちは、すれ違うクルーズ船に手を振って笑ってるんだ。ほら、君も手を振ってごらん」

大輔の説明に杏子は火照った顔を上げ、彼が指差した方向を見た。

彼女の目に映ったのは、同じような二階建てのクルーズ船。デッキには子供がたくさん並んでいて、フェンスから身を乗り出すようにして大きく手を振っていた。こちらから振り返してもらえるのが嬉しいらしく、はしゃいだ声を上げている。

杏子も手を上げ、小さく振ってみた。

子供たちも気づいたらしく、風に乗って「Bonjour!《ボンジュール》」と連呼する声が聞こえてくる。

「フランスからの観光客らしい」

とても言葉を返す状況ではないが、それでも、もう少しだけ手を大きく振ってみよう、としたときだった。

ショーツの中の指が生き物のように蠢き——ツプッと泥濘《ぬかるみ》に入り込んだ。

「……あっ」

短い声が漏れたが、すぐに唇をギュッと結ぶ。

彼の指は蜜窟の浅い部分にとどまり、クルクルと掻き混ぜる。覚えたばかりの快感が駆け上がってきて、杏子はしとどに溢れる蜜を脚の間に感じた。

「んっ……んんっ」

「どうした？　もっと笑顔で手を振ってやらないと、あの子たちが変に思うぞ」

「そ、んな……だ、い……すけさ、ん」

堪えきれなくなり、彼のシャツの袖を力いっぱい握りしめる。

大輔は手を振るのをやめ、その手で彼女の髪をすくい上げた。指先にクルクルと巻きつけ、唇を寄せる。

その間、彼は一度も視線を逸らさず、ジッと杏子の目をみつめていた。

杏子も食い入るように彼の瞳を見続け……直後、彼は甘やかに微笑んだ。

胸の奥に熱が生まれ、同時に目がしらまで熱くなった。涙が込み上げてきて……これはきっと感動の涙だろう。初めて出産に立ち会ったときのような、新しい世界に足を踏み入れた瞬間の喜びだった。

大輔は彼女の髪にキスしたあと、唇を開いて軽く食んだ。

髪に神経などあるはずがないのに、背筋がゾクゾクして……下腹部に快感が走る。脚をわずかでも開いていられなくなり、太ももに力を入れてしまった。

「杏子さん、泣くほど嫌だった？」

ふいに不安そうな大輔の声が耳に届く。

「そう、じゃ、な……ない、の」

「指、抜こうか？」

杏子はフルフルと首を左右に振った。

こんな場所で『やめないで』とねだるなんて、自分で自分が信じられない。常識を忘れたわけではなく、人に見られてもいいと思っているわけでもない。

ただ、理性では止められない衝動に引きずられ、行き先もわからないまま流されていく。

「わかった。じゃあ、少しだけ、俺の胸に顔を埋めていてくれるか？　すぐに、気持ちよくさせてあげるから」

「え？　あ……っ」

杏子はしなだれかかるように、彼の胸に顔を押しつけていた。

そのとたん、ジャケットの下で大輔の指が忙しなく動き始める。杏子の膣内《なか》を往復する動きは、まるで彼自身のようだ。

同時に親指で敏感な尖りを刺激される。

「んっ……んんっ……んーっ！」

こうなってはもう、腰を揺らさないようにするのが精いっぱいで……。

杏子は懸命に声を殺しながら、大輔のシャツをシワになるくらい握りしめる。その瞬間、内股をギュッと閉じて、悦びの渦中へと身を投じたのだった。


大輔に手を引かれ、杏子はクルーズ船から降りた。

船着き場の建物の中で最も人の少ないレストルームを選び、彼は個室に飛び込んだ。

「だっ、大輔さんっ!?」

「ごめん、君だけ達《い》かせて、俺は我慢するつもりだったんだが……」

大輔は困ったように顔をしかめ、ズボンの前を寛がせ始める。そこには、ボクサーパンツを突き破りそうなほど張り詰めた彼自身があった。

「こんなことは初めてだ。君が、どうしても嫌なら……自分で手早く済ませる」

上ずった声が色っぽくて、そんな大輔を見ているだけで、杏子はドキドキした。

「嫌じゃない、です。でも、ここで……?」

観光客用に新設したらしく、ホテルと遜色《そんしょく》ない綺麗な個室だ。

しかもユニセックス——男女共用になっている。そのせいか、個室のドアは床から天井まで塞がれていて、覗かれる心配はない。

だが、個室は個室なので狭さは変わらない。

すると彼は、蓋をしたままの洋式便座に腰を下ろした。

ポケットから取り出した四角いパッケージを落としそうになり、杏子が慌てて摑んだ。

「ひょっとして、焦ってますか？」

「ああ、恥ずかしい話だが、君の反応が可愛過ぎて……下着の中で暴発しそうになった。今も、けっこうギリギリで……まったく、情けない」

大輔の頰は照れたように赤くなっている。

操縦席に座っていたときは、恐怖心など一切ないと言わんばかりで、コンピューターのように落ちつき払っていた。

それが今は十代の少年のようだ。

彼は杏子のことを『君の反応が可愛過ぎて』と言っていた。

（でも、大輔さんも、とっても可愛いと思う……なんて言ったら失礼よね？）

声にはせず、杏子は震える手でパッケージを破った。

「わたしが……つけても、いい？」

「君が？」

ジッと大輔をみつめたまま、コクンとうなずく。

「じゃあ、よろしく頼む」

杏子は心の中で、

（医療行為と同じように考えたらいいのよ。だったら、恥ずかしくないし……まあ、医療

行為にコンドームって……使わないけど）

学校で教わったはずの正しい装着方法を思い出しながら、大輔の男性器につけていく。

だが、彼のソレは模型に比べてかなり大きく、しかも、脈打っていた。さらには、ピクピクと震えて、先端からは透明な液体も滲みでている。

すっぽりと覆いかぶせたあと、ゴム越しに手で包み込むようにして優しく触れた。

すると、みるみるうちに力が漲《みなぎ》ってきて……大輔のペニスは反り返るように下腹に張りついたのだった。

下腹から剝がすようにしても、すぐにペタンとくっついてしまう。

（なんていうか……これって、形状記憶合金みたい）

男性の躰に、こんなにまで興味を持ったのは初めての経験だった。

「杏子さん、そろそろ、君の膣内《なか》に入れさせてくれ」

熱を孕んだ声で求められ、杏子はミニスカートをほんの少し持ち上げて、彼の膝を跨《また》いだ。

すると、大輔は指先でショーツのクロッチ部分をずらしながら、

「ゆっくりでいいから、腰を落としてごらん」

真正面からみつめられて、ささやかれた。

杏子は言われるまま腰を下ろしていくが、下を向くのはどうにも恥ずかしい。かといっ

て、彼の顔をみつめたまま、下半身を重ねるのはもっと恥ずかしかった。

大輔の首に手を回し、ギュッと抱きつく。

「あっ……ぁん」

秘所に彼の熱が触れ――。

その熱は少しずつ、杏子の膣襞を押し広げながら入り込んできた。船上で彼の指に弄られたことを思い出し、躰の奥が疼き始める。

グジュ……ジュププ……蜜壺を掻き混ぜるような音が、狭い個室の中に広がった。

抱き合って、彼を受け入れることが嬉しくて仕方がない。

だいぶ奥まで入り込んできて、杏子が息を止めたとき――レストルームに人の気配を感じた。

男性と女性の声が聞こえる。おそらくは英語だろう。足音も聞こえてきて、杏子と大輔が使っている個室のすぐ隣に誰かが入った。

そのとき、杏子の胎内で滾《たぎ》った雄身がピクンと跳ねた。

「ぁ……ぅ」

声が出そうになり、慌てて口を閉じる。

大輔は彼女の耳に唇を押しつけて、声にならない声でささやく。

「急に締まったから……達《い》きそうになった……頼む、もう少し、緩めてほしい」

「そ、そんな……わたし、は……ぅ」

そんなふうに言われても、締めたつもりはないし、緩め方もわからない。

どうすればいいのかわからず、彼にしがみついたままでいると……隣から水の流れる音が聞こえてきて、杏子はビクッと肩を震わせた。

「あっ、クッ……また、締まった。人に気づかれそうになると、よけいに感じる？」

大輔のささやき声が耳を掠め、顔がカッと熱くなる。

ふたたび、隣からドアの開閉する音が聞こえてきて……直後、男女の笑い合う声がレストルームに響いた。

何を言っているのかわからないが、

（やだ、個室の隣から変な声が聞こえた、なんて言われてたら……どうしよう）

気づかれたかもしれない、そう思うだけで、全身に力が入ってしまう。

そのとき、大輔の手が彼女の背中に回った。力いっぱい抱きしめられ……小さな、それでいて素早い動きで、彼は杏子の身体を揺さぶる。

「あっ……やっ、やだ……あぅ」

「ダメだ、杏子さん、声は抑えて……いつ、人が来るかわからないから」

蜜窟で暴れる猛《たけ》りに内側を掻き混ぜられ、抑えたくても抑えられない。

「でも……だい、すけ、さ……ぁぅ」

声を上げそうになったとき、彼の唇で塞がれた。

激しいキスに喘ぎ声を奪われ、彼の突き上げに合わせて杏子も腰を揺らす。ギリギリだと言いながら、それでも大輔は最奥までは押し込んでこない。

杏子が頤《おとがい》を反らし、快感に身を委ねた——そのとき、大輔も動きを止めた。

薄い膜越し、爆《は》ぜ飛ぶ熱を感じる。

荒い息を隠すように、ふたりは唇を重ね続けたのだった。

第四章　奇跡のパイロット

白い壁に白い天井、そして白いカーテン、嗅ぎ慣れた消毒薬の匂いもして、そこは杏子にとってホッとできる空間だった。

「このたびは、本当にご迷惑をおかけしました。おかげさまで、私は大量殺人者にならずに済みました。おふたりには、感謝してもしきれません」

流暢《りゅうちょう》なイギリス英語で話すのは、ドイツの航空会社に勤務するライゼガング機長だ。

コックピットに駆けつけた当初、グレーの髪が白髪混じりの黒髪に見え、五十七歳の父と同年代に思えた。だが実際は四十代前半と聞き……外国人の年齢は、外見だけではさっぱり判断できない。

とはいえ、その点はお互い様のようだ。

彼らにとって東洋人は若く見えるらしく、ライゼガング機長から「あなたが十代のナイチンゲールに見えました」と言われてしまった。

それを聞いたとき、大輔は盛大に笑っていた。

でも杏子自身は苦笑いを浮かべるしかなく……。

事故から丸二日が過ぎた。

ウィンダミアにいた杏子のところに、事故調査委員会から正式な出頭要請があったのは昨夜のこと。一夜明けて、一旦ツアーを離れ、マンチェスターに戻ってきた。もちろん、大輔も一緒である。

杏子に対する呼び出しはこれで最後らしく、後々、ドイツの航空会社から感謝状と記念品が贈られることになっている、と言われた。

どちらにしても、このイギリス旅行は忘れられない旅になる。

記念品は、大輔の思い出とともに大事にとっておいてもいい。もし、大輔のことが悲しい思い出になってしまったら……。

以前のように深刻に考えそうになり、

(そのときは、捨てちゃえばいいだけのことよ。難しく考えない、考えない)

杏子は急いで気持ちを切り替えた。

一方、大輔のほうは、これで終わりという杏子と違って報告書の作成に最後まで付き合わなくてはいけないようだ。

だが彼は事故調査委員会に、アジアパシフィック航空を通してある要望を提出した。

今回の休暇は、会社命令によるものであること。心身ともにリフレッシュするための大切な時間であり、杏子は特別なパートナーではあるが公表していないため、これ以上の調査協力は休暇のあとにしてほしい、と。

『上に承諾してもらったから、この休暇が終わるまで、どこまでもお供するよ』

『じゃあ、コッツウォルズでツアーに合流して、そのあとはロンドン観光にも付き合ってください』

『了解《ラジャー》！』

大輔は敬礼しながら、そんなふうに答えてくれた。

すぐにマンチェスターを出発することもできたが、せっかく、ツアーから離れて過ごせる夜だ。

いくらハネムーンツアーで他のカップルには興味がない人間の集まりとはいえ、ツアー日程を消化していくと、さすがに挨拶以上の会話を交わす機会も増えてくる。その都度、いろいろ言い訳しなくてはならず……。

杏子の中では、本物の新婚カップルでないことに後ろめたさも感じ始めていた。

それならもうひと晩、予定していた観光を減らしてでも、大輔と一緒にマンチェスターの夜を楽しみたい。

そう思ったとき、ライゼガング機長の面会制限がなくなった、という情報が入ってきた。

機長の怪我は手術の必要もなく、湿布とサポーターで固定する保存療法だった。そのため、明日の昼には帰国して、フランクフルトの病院に移ることが決まったという。それも検査だけで、すぐに自宅療養になるそうだ。

そのことを聞き、『機長さんのお見舞いに行きたいんですが、一緒に行ってくれますか?』と大輔にお願いした。

「後遺症のない怪我だと聞いて、ホッとしています。でも、もし彼が……ダイスケがいてくれなかったら……。そのことを考えるだけでゾッとします」

杏子も機長に合わせて英語で返事をする。

「たしかに。こういった場合に備えて、副操縦士がいるわけで、本来ならヴァンクが操縦桿を握るべきだったんだが……」

ヴァンク副操縦士は事故当日に帰国し、すでに退職願いを提出しているという。

数年に及ぶ訓練期間を経て、彼はスタートを切ったばかりだった。いろんな経験を積んだあとで遭遇した事故だったなら、彼にも対処可能だったのかもしれない。

「不運だったというべきでしょうか?」

杏子が沈んだ声で言うと、機長は逆の答えを口にした。

「いえ、むしろ幸運だった。彼は優秀な成績でテストに合格しました。だが、いざというとき、その能力を発揮できなかった。不運であれば、多くの人間を巻き込んで命を落としていたでしょう。彼こそ、神とキャプテン・サクラギに感謝するべきだ」

機長はベッドに上半身を起こすと、実に嬉しそうに続ける。

「しかし、かの有名な奇跡のパイロットが我が機に乗り合わせてくれていたとは……。私も神に感謝しなくてはいけませんね」

「奇跡のって……彼はそんなにすごいパイロットなんですか？」

機長の言い方はかなり大げさで、杏子は自分が英語を聞き間違えたのかと思った。

すると、杏子の問いに大輔が答えてくれた。

「たいしたことじゃないよ。前にも、同じような緊急着陸をしたことがあるだけさ。――そうですよね、キャプテン・ライゼガング」

「え？　ああ、そうでしたね。でも、めったにあることではないし、あなたの腕前は、やはり素晴らしい」

その後も、ライゼガング機長の大輔を絶賛する言葉が続いた。

ただ、具体的な内容は話してくれないので、杏子にはよくわからないままだ。

それに、機長に悪気はないのだろうが、大輔の顔はまるで褒め殺しにあっているかのようで……。

どうにも居心地の悪そうな大輔が気の毒に思え、杏子のほうから「ツアーに合流する時間なので」と理由をつけて切り上げたのだった。

病院を出て、芝生の間を縫うようにして作られた通路を並んで歩く。

「ごめん、気を遣わせた」

申し訳なさそうな大輔の声色と、ふたりの間にできた微妙な距離。

世界中の誰より親密な時間を過ごしたはずなのに、出会って数日という関係がちょっとしたことで隙間を作る。

好きになればなるほど、その隙間が深くなっていくようで……。

杏子は無理やり笑顔を作った。

「話したくないことって、いろいろありますからね。二十五のわたしにもあるんです。わたしより十も歳を取ってる大輔さんなら、いっぱいあってもおかしくないでしょう?」

「君がいい子でありがたい。――そうなんだ。正直に告白しよう。実は……俺には香港に妻と子供がいる」

「えっ!?」

杏子の足はピタッと止まった。

息もできずに立ち止まったままでいると、大輔のほうが振り返り……彼は思わせぶりに微笑んだ。

してやったりといった顔を見た瞬間、杏子はからかわれたことに気づく。

「ひどい!! もう、どうしてそんな嘘を言うんですか？ 不倫したんじゃないかって、本当にびっくりしたんだからっ！」

「悪い悪い。でも君が壁を作りそうだったから、先に壊しておこうと思ったんだ」

思わず、彼の背中を叩こうとして腕に触れ……その手を大輔に掴まれた。

「あ、あの……」

「君はすぐにいい子に戻ろうとする。君がいい子に戻ったら、俺ひとり悪い狼になった気分になる」

指を絡め、恋人繋ぎをしたあと、彼は杏子の手の甲に優しく口づける。

「聞きたいことがあるなら、聞けばいい。俺がどうしても話したくないと思えば、ハッキリそう伝える。今を、後悔しないように生きたい——君はそう言っただろう？ 今、確認しておきたいことはないか？」

大輔のほうから、杏子の心の内側に一歩踏み込んできてくれた。

あらためて尋ねられたら、何も聞かずにはいられない。

「じゃあ……奇跡のパイロットって、どういう意味ですか？」

「メーデー、メーデー、メーデー。こちらHLJ111——当機はアーンバハル王国との国境付近洋上にて、正体不明機の攻撃を受けている。至急、空軍の出動を請う!」

☆　☆　☆

今から六年前、年明け早々にその事変が起こった。

大輔は当時、アラビア半島東部、ペルシャ湾に面する小国トルワッド国営のフラッグキャリア、ハリージュ航空に勤務していた。国営とはいえ、できたばかりの小さな航空会社ということもあり、彼は最速で機長へと昇格した。

そしてその日は、トルワッド首長の命令で、同盟国アーンバハル王国の王族を乗せてのフライトだった。

当時のアラブ世界は混迷を極めていた。

一国の革命を発端に、アラブ各国で現政府に対する抗議デモが勃発。それらはしだいに規模を大きくし、武力衝突や内戦にまで発展していたのである。

トルワッド国内では幸いにも抗議デモは起こらなかったが、隣国のアーンバハル王国では大きな騒乱が巻き起こっていた。アーンバハルの海軍が一部過激派に通じており、騒乱の中心だった。そのため、制圧に向けて同盟国の武力を借りる事態にまで陥っていたのだ。

その際、アーンバハル国王は、王太子の家族を国外に避難させたい、とトルワッド首長に協力を要請。トルワッド首長は極秘の任務に王室専用機は使わず、ハリージュ航空の通常の時刻表に則り、輸送を計画した。

ところが、その情報が一部過激派に漏れてしまったらしい。

大輔の操縦する飛行機が国境付近に到達するなり、攻撃を受けたのである。

『HLJ111――空軍の救援機到着まであと五分、持ち堪えてください』

「すでに左翼エンジンは被弾して落下。油圧、電気系統ともに正常な動作確認ができません。この状態で正体不明機、いや、戦闘機から五分も逃げろと？」

『キャプテン・サクラギ、あなたは首長殿下に選ばれた優秀なパイロットです。あらゆる事態に備えて、シミュレーションを繰り返していることでしょう。――アッラーのご加護《インシャー》がありますように《アッラー》』

「……」

機内の乗客はわずか十七名。

最高位はアーンバハルの王太子妃、そして王太子の第一王子以下子供が五名。あとは王太子の第二夫人、第三夫人……と続く。人目を引かないためか、護衛も女性兵士が務めており、とにかく、乗客に大人の男性はひとりもいなかった。

客室乗務員も王室の指示により、女性ばかり五名。

機内に搭乗している男性は機長の大輔と副操縦士のバドゥル・ビン・カリーファのふたりのみ。彼らは客室に赴くことを禁じられているだけでなく、乗客が降りるまでコックピットから出ることも許されていない。

何かの拍子でアーンバハル王族女性の顔を見てしまったら……冗談抜きで首が飛ぶという話だ。

ただ、トルワッドで働くようになって六年、この程度のことなら、当たり前のように受け入れられる。だが、万一のとき、協力を仰げる男手がないのはきつい。

「俺は空軍上がりのパイロットじゃないんだぞ!! 誰が二十ミリバルカン砲で狙われる事態を想定して、シミュレーションなんかするんだ!?」

大輔は一方的に切られてしまった無線に向かって、怒鳴ることしかできない。

「ぼ、僕は空軍にいましたが、でも、軍のパイロットじゃないので、こんなシミュレーションはしてませーんっ!!」

副操縦士のバドゥルも泣くように叫んでいる。

トルワッドには徴兵制があり、バドゥルは二十歳になってすぐ、二年間の兵役についた。空軍で第一戦闘機航空団の整備部隊に所属し、戦闘機乗りを身近に感じて、除隊後にパイロットを志したという。

副操縦士になって二年、大輔より二歳若く、体形はひと回り小柄だ。

「おいバドゥル、どこかに空対空ミサイル《アムラーム》の発射スイッチはないか？」

「あるわけないでしょう？」

「だったらせめて、チャフかフレアをくれ！」

機長の肩書きを与えられてわずか三ヵ月、当時の大輔はまだ二十代。軽薄に聞こえるやり取りができるのも、ふたり揃って若かったせいだろう。とくにバドゥルは、見た目は頼りなさそうだが、年齢のわりに腹の据わった男だった。

鳴り響く警告音を無視しつつ、機体を真っ直ぐ飛ばすことすら困難な状況で、大輔は正体不明機の追撃から何度か逃れた。

予定の五分を二秒ほど過ぎたとき、機体は国境線を突破する。

同時に救援機の姿が見え、正体不明機は即座に反転して戻っていった。

どこの誰に命令を下されていたのか、大輔にはわからない。だが、体当たりしてでも撃墜しろ、という命令でなかったことに命拾いしたのはたしかだ。

あとは無事に機体を着陸させるだけ、だが……それは極めて難しい状況だった。

「湾内まで飛んで、海に不時着させますか？」

「ダメだ。この機の重量だと波でひっくり返される。ひとりでも犠牲者を出したら、国際問題だ」

「ふたりとも首を刎《は》ねられますよね？　でも、車輪もない状態ですよ。どこに着陸するというんです？」

「それは――」

大輔が答えようとしたとき、新たな警告音が鳴った。

それは、燃料タンクが底をつきかけ、腹が減ってこれ以上飛べないという、機体からのクレームだった――。


病院から今夜泊まるホテルまで、徒歩で約十分。

杏子を連れてホテルに戻ったあと、バルコニーから外を眺めながら……大輔は彼女の質問に答えていた。

「そ、それで、どこに着陸したんですか？」

大輔の話は彼女の予想をはるかに上回っていたらしい。

杏子は今にも倒れそうなくらい、顔から血の気が引いてしまっている。

(戻ってから話して正解だったな。どう考えても、普通の日本人には刺激的過ぎる話だ)

十九時を回り、太陽がようやく傾きかけたところだった。

バルコニーからは広々とした芝生と、その向こうにあるレンガ造りの建物や尖った屋根

が見える。それは病院ではなく、マンチェスター大学の中心的建物だった。

その光景に、自分で考えていた以上の懐かしさを感じ——。

「あの……大輔さん？」

杏子に名前を呼ばれ、ハッと我に返った。

「え？　ああ、砂漠だよ。広くて、おおむね平らだし、砂はクッションにもなり、機体が沈むこともない」

「でも、滑走路もなければ、近くに消火設備もないでしょう？　もし燃料に火が点いたら」

彼女の心配は尤もだが、今回に限っては不要だ。

正体不明機の追撃から逃れるため、旅客機としてはあり得ないスピードで飛行し続け、急上昇と急降下を繰り返した。そのせいで多くの燃料を使ってしまい、火が点くどころか砂漠までたどり着けるかどうかも微妙だった。

いくつも用意されているバックアップシステムを動かしても、計器は不規則な点滅を繰り返すのみ。消すことのできない警告音だけがいつまでも鳴り響き……今も夢の中で聞こえてくるときもある。

「油圧系がいかれたときに車輪が降りて……そこを、バルカン砲に吹っ飛ばされたんだ。胴体着陸は必至だったから、滑走路は必要なかった。残ってたエンジンもダウンさせて、できるだけ滑空距離をとって砂漠に軟着陸させたんだよ」

ギリギリまでスピードを落とし、まさに墜落と紙一重の着陸だった。

死者、重傷者はゼロ、攻撃を受けたときに数名が軽傷を負ったのみ。三十分後には、全員がトルワッド軍に救助された。

「それで……奇跡のパイロットなんですね。ひょっとして、今回以上に騒がれたりしました？」

杏子はうなずきながら、それでも心配そうな顔で尋ねてくる。

「ああ、そりゃもう、大騒ぎだった」

事件直後、大輔はアラブ諸国で英雄として祭り上げられた。

トルワッド首長からは勲章を授与され、名誉国民として王族に準じる地位まで与えると言われたのだ。アーンバハル国王に至っては、次期王太子を救った褒賞を取らせると言い、油田を贈るとまで言われ——。

「油田……あの、じゃあ、大輔さんってトルワッドでは王族扱いなんですか？」

「そうだって言ったら、どうする？」

「どうも、こうも……もし、そんなすごい人だったら、わたしなんかが独り占めしてたら、ダメなんじゃないかって」

離れようとした彼女の腰を、大輔は慌てて摑んで抱き寄せた。

「待った待った！　その点なら安心してくれ。勲章も地位も、もちろん油田も、褒賞は全部断ったから」

「全部、ですか？」

「そう……この〝奇跡のパイロット〟話は、ここで終わりじゃない」

大きな問題に発展したのは、むしろ『ここから』だった。

ある日を境に、大輔の立場は逆転する。

きっかけはアラブ諸国の王族内に流れた噂。HLJ111——トルワッド特別機がアーンバハル王族の輸送に使われる情報がどこから漏れたのか、ということ。

トルワッド、アーンバハル両国で犯人捜しが始まり、真っ先に疑われたのが、なんと大輔だった。

戦闘機に追い回され、バルカン砲の雨をかいくぐった末、奇跡の生還《ランディング》。

それはあまりにも出来過ぎたシナリオで、大輔本人が計画したマッチポンプだったのではないか。そんな噂が広まるうちに、彼に対する疑惑は信じられない大きさまで膨れ上がった。

大輔は過激派と繋がっている。功績欲しさに、アーンバハルの戦闘機に偽装した機体に襲わせた。政府が仕組んだ、反政府派を悪役に仕立てるための芝居——等々。

疑惑が真相のようにささやかれ、事件から三ヵ月が過ぎたころ、トルワッド国内では大輔の粛清を声高に叫ぶ人間が出てくる。

ついには襲撃、殺害予告まで届くようになり……。

「ひどい、そんな、あんまりです」

杏子は今にも泣き出してしまいそうだ。

「まあ、仕方のないところもあるんだ。首長殿下にまで諭されたのに、俺はイスラム教徒《ムスリム》に改宗しなかった。それがトルワッド国民の不審を買った一番の理由だろうな」

イスラム教徒として極めて正しい生活を送ろうとする、そんなトルワッド国民の姿勢は嫌いではなかった。

だが、大輔の中に神など存在しない。

この世に神がいるなら、大輔に命など与えなかったはずだ。

杏子を抱いたあと、彼女には、

『両親が……早くに死んで、近い親戚もいなくて……だから、日本に戻っても顔を見せる家族はいない』

そう話したが、事実は違った。

三十五年前の春——。

小さな公園の一本だけある桜の木の下に、使い古された段ボール箱が置かれていた。その中に入っていたのは、生後間もない赤ん坊。見つけられたとき、へその緒がついたままの状態だったという。

その赤ん坊が大輔だった。

彼はそのときから高校を卒業するまで、公的施設で育つことになる。

だが彼は、自分が不幸だと思ったことはなかった。

同じ施設で生活しているのは、ほとんどが親の事情で預けられた子供たちだ。親に置き去りにされ、寂しさのあまり泣く子供、憎しみが抑えきれず、人に暴力を振るう子供、繰り返し連れて来られながら、それでも親の迎えを待つ子供――彼らはそれぞれに降って湧いたような不幸を嘆き、親を憎む一方で恋しがるという、歪んだ思いに囚われていた。

そんな彼らの気持ちは、大輔には決して理解できないことだ。

大輔の記憶に母の姿も父の姿もない。優しく頭を撫でてもらった覚えもなければ、愛情の籠もった笑顔も知らない。親から名前を呼んでもらったことも……いや、そもそも名前すらつけてはもらえなかった。

桜の木の下で拾われたから『桜木』、それに、前年に生まれた男の子の名前の中から一番人気だった『大輔』がくっつけられた。どう考えても、思いの籠もった名前というより、ただの記号だろう。

母親は彼に命だけは与えてくれたが、きっとそれすらも不本意だったに違いない。

そうでなければ花冷えの時期、タオルに巻いただけの裸の赤ん坊を捨てたりはしない。

親から与えてもらったものは何もない。ないものは失いようがなく、失ったときの悲しみすら彼の中にはなかった。

そんな大輔だが、三歳のころから数回、子供のない夫婦に『養子に』と求められたことがあった。

しかし、野良猫が人の手から餌をもらえないように、彼が人に心を許すことは難しい。いつまでも打ち解けることができずにいると、誰かがやって来て言うのだ。

——やはりこの子はダメだ。どんな親の血を引いているかわからないのだから。

親が人殺しだったら？　覚せい剤中毒だったら？　遺伝子上にとんでもない病気を抱えていたとしたら？

どちらにせよ、我が子を捨てるような親の血を受け継いだ子供が、まともに育つはずがない。

養父母の候補者はそんな周囲の言葉に諭され、その都度、大輔は施設に戻された。

〝得体の知れない捨て子〟そのハンディキャップは、大輔が一生涯背負わなくてはならないものだった——。

養護施設で育ったことを告白すると、たいていの人間が同情してくれる。

杏子もそうだった。彼に……おそらくは同情して、優しく抱きしめてくれた。

だが、生後すぐに捨てられ、親の素性もわからない。親の墓参りで帰国したように話したが、本当は養護施設で世話になった修道女《シスター》の墓参りだと告げたら、どうだっただろう？

（考えるまでもないな。そんな男に抱かれたいという女は……いなくもないか。俺と同じくらい薄汚れているか、他に目当てがあれば）

少なくとも杏子なら、大輔のような胡散《うさん》臭い男から逃げ出したはずだ。

彼女は真っ当な家庭で育った女性だ。純粋で正直で清廉潔白な善人、そして綺麗な心と身体を持っている。

充分にわかっていながら、大輔は我慢できずに手を出してしまった。

（それこそ、『インシャーアッラー』だな）

イスラム教徒の口にする『インシャーアッラー』——神のご加護も、神の思し召しも、都合のいいことも悪いことも、すべてがそのひと言で解決する。

お手軽な神だと言ったら、罰が下るだろうか？

黙り込んだ大輔のことをどう思ったのか、彼女は身を寄せてきた。

「宗教のことだけで？　それだけで、そんなに人の見る目が変わってしまうんですか？」

彼は頭を小さく振り、過去の自分を心の中から追い払った。

「そうだよ。日本に住んでいると、きっと想像もできないことだと思う。でも、自分たちの神にこだわる国は、世界には少なくない」

彼女の腰に置いた手に力を込める。魅惑的なラインを撫で上げながら、ダークブラウンの髪に唇を押しつけた。艶々していて、ただ見ているだけで頬ずりしたくなる髪だ。染めているのかと尋ねたら、杏子は生まれながらの色だと教えてくれた。

呼吸するだけで、鼻腔いっぱいにシャンプーの清潔な香りが広がっていく。

その瞬間、大輔の中に眠る獣が目を覚ましそうになり……彼は慌てて天を仰いだ。

「本当に狙われたりしなかったんですか？　ひょっとして、今も……危険なんじゃ？」

「いや、今はもう、なんの危険もない。でも六年前は、なかなか収まらなくてね。アラブ世界から出たほうがいいって言われ始めたとき、ジャックが俺を引き抜いてくれた」

勲章欲しさにパイロットになったわけではない。ましてや、油田をもらっても困るだけだろう。

褒賞を断ることに迷いはなかった。大輔はただ、飛び続けたいだけで……。

だが、外国人で異教徒の大輔が奇跡のパイロットと呼ばれ、英雄扱いされることに、ハリージュ航空内にも不満を持つ者がいた。

「そもそも俺は、奨学金をもらって大学に通ってたから、大学に残る予定だった。でも、簡単に死ななそうな生命力と、図太い神経がパイロット向きだと言われて、国営に変わったばかりのハリージュ航空から、うちに来ないかと誘われたんだ――」

卒業後の進路にパイロットという選択肢が出てきたとき、ジャックと出会った。

当時ジャックはアジアパシフィック航空の現役パイロットで、航空業界への就職を希望する後輩をサポートするため、大学を訪れていた。

そのときジャックが言ったことは――。

『君の能力なら世界中どこの航空会社でもパスするだろう。そう、能力だけなら……。航空会社にとって、何より優先させるのが安全だ。身元を保証してくれる血縁者がひとりもいない君は安全ではない。まともな航空会社なら採用しないだろうな』

最初は喧嘩を売られているのかと思ったが、ジャックの言わんとすることは別にあった。

『ハリージュ航空は未熟な航空会社だ。だからこそ、実力が正当に評価される。そうだな、十年程度か――君が機長に昇格したころには私も出世して、君を我が社に呼ぶくらいの力を持っているに違いない』

それはふたりの間の約束となった。

そして、その約束が守られるまで十年もかける必要はなくなり、六年後にはトルワッド首長を身元保証人として、大輔はアジアパシフィック航空に移籍したのである。

「最初から、パイロットになりたいって夢があったわけじゃない。でも、一度飛んだら病みつきになった。今はもう、空から離れる気にはならないな」

　大輔は彼女の腰に触れていた手を肩まで上げ、ソッと抱き寄せる。

「驚いただろう？　もっとカッコいい話だと思ってたんじゃないか？」

「そう、ですね。事故っていうより、事件？　デモとか、内戦とか、日本に住んでるわたしにはパッと思い浮かばなくて……ひとりで日本を出て、そういう危険と背中合わせのところで夢を見つけるなんて、やっぱり、大輔さんはすごいです」

　初めて、彼女の肩を抱き寄せたのは、羽田からフランクフルトへ向かう機内だった。元婚約者の仕打ちを言葉にしながら、怒りに身体を震わせていた。ふいに思い出したように涙を浮かべ、嗚咽を堪えようとする彼女を目にした瞬間、自分の腕の中で思いきり泣かせてやりたいと思った。

　今は、甘えるように大輔にすり寄ってくる杏子のことが、とんでもなく愛おしい。

　彼女は無条件に大輔を信頼し、尊敬のまなざしを向けてくれる。初めて感じる充足感は、空を飛ぶことで満たされる何かとは、あきらかに違った。

「海外で働いている連中はみんな似たようなものだ。俺だけが特別なわけじゃない」

「いいえ。だって、ライゼガング機長なんかは、とても、そんなふうに思ってないようでした……ただ、窮地を救った奇跡のパイロット、という感じで」

「それは、彼がドイツ人だから……。英雄と呼ばれた件は世界中に広まったが、そのあとの顚末は可能な限り伏せられたんだよ。国家にとって、不祥事になりかねないから」

「でも、それはそれで……事情を知らない人から、悪く言われませんか？　事件を利用して、採用してくれたハリージュ航空への恩をあだで返した、みたいな」

杏子の指摘は的を射ていた。

彼女の言うとおり、アジアパシフィック航空に移った直後の大輔は、褒賞の代わりにトルワッド首長の保証書をもらった男、そう揶揄《やゆ》された。

「まあ、それも間違いじゃない。あの一件がなかったら、俺は今もハリージュ航空のパイロットをやってただろう」

危険な目には遭ったが、そのおかげで年俸は五倍になった。

香港のヴィクトリア・ピークにある高層マンションに住み、高級車を三台と自家用セスナを所有している。大輔の出生を思えば破格の出世だ。

妻を得て、子供を作って、家庭を持つ資格は充分にある——とジャックが言った。

だが、大輔には『家庭を持つ』ことの意味がわからない。

人はひとりで生まれ、ひとりで生き、やがて死んでいく。

それを寂しいとは思わないし、セックスパートナーが欲しくなれば、そのときだけ調達すればいい。子供も同じだ。親の真似事がしたければ、かつての大輔のような子供を養子に迎えればいいだけだった。

（香港に妻と子供がいる、なんて……馬鹿げたことを口にしたもんだ）

大輔と杏子の人生は、ほんの一瞬、何かの間違いで重なっただけのこと。取る予定のなかった休暇で日本を訪れ、早めに切り上げたばかりに、羽田空港で出会ってしまった。

杏子にしても同じだ。

彼女は本来、夫とふたりでこのハネムーンを楽しむはずだった。そのときは、杏子の隣の席がキャンセルになることはなく、大輔がその席に座ることはなかっただろう。

『すべては神の思し召し《インシャーアッラー》』

そんな言い訳をする気はないが、抱いてはいけない女性を抱いてしまったことは事実だ。この経験は数年後、いや数十年後まで、後悔の種になるかもしれない。

「大輔さん！」

肩を抱く力が弱まったせいだろうか、杏子が厳しい声で彼の名前を呼んだ。

「な、何かな？」

「後悔したくないので、もうひとつだけ聞いてもいいですか？」

「いいよ。ひとつと言わず、いくつでも」

「最初に独り者って聞いた気がするんですが……。でも、香港に……あなたを待ってる女性はいませんか？　正直に答えてください！」

それは、思いがけない質問だった。

「そんなに……気になることかな？　それとも、帰国は羽田直行便から、香港経由の便に変更したくなった、とか？」

そんなはずがない。彼女は最初から、

『家のこととか考える必要がなくなったんで……。結婚も、しばらくパスしたいなぁって』

『親切にしてもらったからって、香港まで追いかけたりしませんから』

大輔との間に明確な線引きをしていた。

すると、彼女は顔を真っ赤にして叫んだ。

「ち……違います！　身近な人に奪われるのも、自分の存在を知らない人に奪われるのも、裏切りは裏切りでしょう？　わたし、そんな片棒は担ぎたくないですから！」

ここマンチェスターでも、ウィンダミアのクルーズ船の中でも、彼女は明るく楽しそうに振る舞っていた。

だが、信じた相手から手酷い裏切りに遭ったのだ。通りすがりの男に優しくされたくらいで、簡単に癒える傷ではないだろう。

彼女は大輔の架空の恋人と、自分の姿を重ねている。

それに気づき、大輔は深呼吸して返事をする。

「君の元婚約者を浮気男と罵《ののし》りながら、自分が同じ穴のムジナじゃ洒落にならない。この歳まで家庭を持たなかったのは、空を飛ぶためには身軽なほうがいいと思ったからだ。戦闘機に追い回された経験もあるし……俺が不誠実だったわけじゃない」

「――よかった」

それは心の底から安堵した声だった。

彼女の目に、自分は思いのほか不誠実な男として映っているらしい。そのことに、いささかショックを受けていると、彼女はおもむろに話し始めた。

「ごめんなさい。大輔さんのこと、疑ってたわけじゃないんです。ただ、わたしが、こういうのって初めてだから……」

杏子は大輔の上着をギュッと握り、もたれかかりながら小さな声で呟く。

「あなたと、一緒にいるのはすごく楽しいんです。でも、会ったばかりでこんなに楽しいなんて……両親に知られたくないって思ったら、悪いことをしてる気持ちになって……もし、本当に誰かを泣かせてるなら、やっぱり間違ってるのかな、って」

「君も、泣かされたのに？　今度は自分が勝者になる番、とでも思えばいい」

「勝者って、勝ち組ってことですか？」

「ああ、日本じゃそう言うのかな」

ふいに、杏子の顔が歪んだ。

「……ウィンダミアで、思いました。わたしって、舞子だけじゃなくて、同じツアーの女性みんなに負けてるんだなって。でも、大輔さんに指輪をはめてもらった瞬間、心がパアーッと明るくなって、もう、どうでもよくなったんです」

杏子は泣き笑いの顔をしたあと、左手を掲げた。

そこには、大輔がマンチェスターのジュエリーショップに飛び込み、購入した金色の指輪があった。

「たいした品じゃないよ」

「こういうのは金額じゃないんですよ。不安で、切なくて、そんなとき大輔さんがはめてくれたから……幸せってお金じゃ買えないんだって実感しました」

幸せは金では買えない。

『幸せ』の部分に『家族』や『愛情』を入れても当てはまる。大輔は人生の最初にそれを学んだ。

「そうだな……だからこそ、俺は金で買えるものだけでいい。金で買えないものは……欲しがらないことにしてるんだ」

自分の中にないものを手に入れようとは思わない。理解できないものを理解しようとする必要もない。そうすることで、大輔は自分が不幸だと思わずにいられる。

もし、金で買えないものを欲しいと思ってしまったら……。

自分が何も持っていないことに気づいてしまうだろう。それは悲しいことだと、自分は親だけじゃなく、神にも見捨てられたのだと、思わずにいられないかもしれない。

遠い過去に閉じ込めた怪物が目を覚ましそうになり……。

大輔は大きく息を吐いた。

「じゃあ、わたしは大輔さんに、欲しがってもらえないですね」

「どうして？」

「だって、わたしは……無料ですもの」

杏子は最上級の笑顔を大輔に向ける。

（君は『無料』なんかじゃなくて、『値段《プライスレス》をつけることができない』なんだ）

その思いを口にはせず、大輔も強引に笑みを浮かべた。

「そうか、それは残念だな」

極めて紳士的に、彼女の負担にならないように、と思いつつ——それとは裏腹に、力いっぱい抱きしめていた。

誰にも譲りたくないという気持ちから、懸命に目を逸らせる。

「あ、の……大輔さ……っ」

杏子の反論すら聞きたくなくて、ぶつかるような勢いで唇を押しつけていた。

キスはセックスへと繋げる手順のひとつだった。キスしたい、唇を重ねたい、そんな衝動的なものではなく、女性の気持ちを自分とのセックスに向けるための前戯。

それが……今、彼女と交わしているキスに、いつもどおりの理性など欠片もなかった。

ふたりを照らす光が、夕陽の放つ朱色に変わっていく。

スクエアネックの襟元から真珠のような肌が覗き、艶めく鎖骨の窪みまでもが、彼を誘惑していた。

その鎖骨に唇を落とし、舌先で優しくなぞる。

「やっ……あっ、待って……ここ、バルコニー、で……すよ」

「だから?」

「だっ、から……見えちゃったら……あ、あうっ!」

音を立て、強く吸い上げた。

身を捩って逃れようとする彼女の胸元に、大輔は赤い刻印を押して回る。

「今、この瞬間、君が欲しい。抱きたいんだ」

「大輔さん、わたし……わたしのこと、欲し、がって……くれるんですか?」

ミモレ丈のワンピース、フロントのボタンをゆっくりと外していく。

「ああ、もちろんだ。俺はいつだって、そう思ってる。少なくとも、この赤い印が消えるまで、俺のパートナーでいてくれ」

三つ目のボタンを外したとき、ブラジャーのフロントホックが見え……大輔は躊躇なくそれも外した。

白桃のような胸がこぼれ落ち、大輔は慌てて唇で受け止める。

魅惑的な谷間に顔を埋めたとき、甘い香りを胸いっぱいに吸い込んだ。その香りは彼の身体に一瞬で火を点ける。

それは、神経が焼き切れそうな熱さだった。

（ああ、ダメだ。俺のほうが、すぐにも達してしまいそうだ）

これまで、嘘をついて女性を騙したことはない。

ただ、自分の身の上話を、名前の由来まで遡って話すつもりがなかっただけだ。

将来に繋がらない関係に引きずり込むのだから、自らの欲望を満たすだけのセックスはしないと決めている。自分のことは二の次で、すべては女性を楽しませるため――。

ところが、杏子はあまりにも魅力的で、その前提が簡単に崩れていく。

「杏子さん、フェンスを摑んで、少しの間ジッとしていてくれるか?」

彼女の手を、バルコニーのフェンスの上に置きながら言う。

「フェンスを?」

「そうだ。そのまま……足を肩幅くらいに開ける?」

Aラインのワンピースの裾を素早くたくし上げる。

同時に、スラックスのファスナーを素早く下ろした。テントを張ったボクサーパンツをずらしたとき、硬くなった彼自身が勢いよく飛び出した。

逸る気持ちを抑えつつ、杏子のショーツを少しだけ下げる。

その瞬間、まろやかなヒップに目を奪われてしまう。理想的な弧を描きながら、夕陽を受けて妖しく艶めき……思わず膝を折り、その場所に口づけていた。

バルコニーに、チュッ、チュッとリップ音が響き始める。

「あっ……あぁ、やっ……あぅ、はぁう……やぁ、ダメェ」

彼女の足元を見ると、たしかに少し開いてはいるのだが、太ももは固く閉じたままだ。

婚約者がいながら、少し前までセックス未経験だったのだから、この反応も仕方がないのかもしれない。

大輔は苦笑しながら、両手で双丘を鷲掴みにした。

「やっ！　やだ、待って、だいす……け、さ……あぁんっ！」

「大丈夫、痛いことはしないから、無駄な抵抗はせずに気持ちよくなってごらん」

ヒップを掴んで左右に開いていく。ピンク色に艶めく秘所が露わになり、その場所に大輔は唇を押し当てた。

「でも……でも……こんな……ぁうっ！」

こんな場所で、こんな格好で、こんな淫らなこと、きっとそういった『無駄な抵抗』を口にしたかったに違いない。

大輔は彼女の羞恥心を押しのけ、快楽の渦へと引きずり込もうとする。

初々しく震える割れ目に、肉厚な舌を這わせ、ゆっくりと舐め上げていく。

陽が傾きつつあるとはいえ、蜜を湛えた花びらの隅々まではっきりと見える。しかも屋外で、女性の大事な部分を愛撫しているのだ。

どれほどの自制心をもってしても、理性の箍《たが》など軽く弾け飛んでしまう。

大輔はピチャピチャと音を立てつつ、愛の雫が滴る場所から花びらの中心までを丹念にねぶり……啜った。

そのとき、これまで以上に強く淫芽を吸い——。

「あ、あ、あぁ、ダメ、ダメーッ！」

杏子は手すりをギュッと摑み、前屈みになりながら下肢を戦慄かせた。

泉の底から愛液が噴き上げ、彼の口元を濡らしながらバルコニーの床に滴り落ちる。そんな彼女の姿を見るだけで、大輔のペニスも痛いほど屹立していた。

軽くこするだけで暴発してしまいそうだ。

彼は呼吸を整えながら、ポケットに入れた紳士のたしなみを装着したのだった。

（三日目の夜を待たずに、これが最後の一個か。我ながら、はしゃぎ過ぎだな。やりたい盛りじゃあるまいし）

自嘲気味に笑うくらいしかできない。

大輔は立ち上がり、怒張《どちょう》の先を彼女の蜜口に押し当てた。そこは充分にほぐれ、潤んでいる。スルッと入っていきそうだが……。

ふいに杏子が力を入れたのか、先端が潰れてなかなか挿入できない。

「杏子さん、力を抜いて」

「ほ、本当に、ここで？　後ろから？　大輔さんが見えないのって……怖い、です」

杏子の涙声が聞こえ、大輔は本気で慌てた。

姿が見えないのが怖い――セックスのとき、そんなふうに言われたのは初めてだ。だが、経験の少ない女性にすれば、背後から襲われるような気分になるのかもしれない。

大輔は強引に押し込むことをやめ、杏子と向き合った。

「これなら、怖くないだろう？」

そのまま、唇を重ねる。激しくなり過ぎない程度に、キスを繰り返し……彼女の身体から無駄な力が抜けたころ、ショーツを脱がせた。

片脚を持ち上げ、今度はひと息に挿入する。

「あっ……んっ」

とたんに、彼女の口から熱を孕んだ声がこぼれた。

蜜窟の内側は火傷しそうなほど熱い。彼の昂りをすっぽりと包み込み、少しでも奥へ導こうと吸い込んでいく。

背筋がゾクッとして、快感と不快感の境界線まで彼を追い立てる。

「まだ、怖いか？」

できる限り優しい声でささやいた。

杏子は震えるように首を左右に振り、

「怖く、ない……大輔さん、優しいから」

ジッと瞳をみつめ返してきた。

そのまなざしが大輔の心の奥まで入り込んでくる。そう思ったとき、繋がった部分が蕩けるような感覚に襲われ——。

何かに急き立てられるようにして、彼は腰を突き上げていた。

杏子の躰は大輔から理性を奪い取る。

もっと強く、もっと奥まで、得体の知れない焦燥感に背中を押され……自分でもわからないうちに、際限なく求め続けてしまう。

「杏子……杏子……」

うわごとのように名前を呼びながら、彼女を揺さぶり続けた。

「だ、い……すけ、さ……ん」

喘ぎ声のこぼれる唇を塞ごうとしたとき、たわわに実った果実が目に飛び込んできた。

まともな男なら、とうてい抗うことなどできない誘惑。

大輔も我慢できずにむしゃぶりつく。

胸を愛撫されたことで、杏子はふいにバランスを崩した。

そんな彼女を支えるようにして、ふたりは繋がったまま、床の上に座り込んだのだった。

「あ……きゃっ」

わざとではなかったが、昂りの先端が彼女の最奥を突き上げた。

不慣れな彼女に痛みを与えたくなくて、なるべく浅い部分を刺激してきたのだが……これればかりは不可抗力だ。

杏子のほうも、これまでで一番深い部分に大輔を感じたらしい。

その瞬間、痛みを感じたのか、彼にしがみついてきた。だが、内股に思いきり力を入れている。こんな体勢を取ってしまっては逆効果だろう。

「ちょっと待った。それじゃもっと奥まで入り込む。恥ずかしいと思うけど、脚を開くんだ。太ももから力を抜いて、さあ」

杏子がほんの少し脚を開くと、ふたりの間に隙間ができた。

そこから、ふたりの繋がった部分が見え——彼女はビックリしたのか、その部分を凝視したまま固まってしまう。

「ほら、俺たちはひとつになってる。繋がってるのが見えるだろう?」

「大輔さんの……意地悪」

頬を真っ赤に染め、上目遣いでポッリと呟いた。

（あーダメだ。よけいなこと言うんじゃなかった。可愛い……いや、可愛過ぎる）

大輔は頭の中まで沸騰しそうな気分だ。

そのとき、彼女が予想外のことを口にした。

「さ、さ、触っても、いいですか?」

「何を?」

「だ、大輔、さんの……わ、わた、わたしの、ナカに入ってて……えっと、根っこの部分と言いますか……っ、繋がってるところ、すごく気になって」

杏子はか弱く繊細に見えて、意外なところで大胆になる。

フランクフルトからマンチェスターまでの機内で、『今度はわたしに、何か奢らせてください』と誘ってきたのも杏子のほうだった。

「触っていいよ。少し、抜こうか?」

「え?　あ、あの、それは」

大輔は彼女の腰を摑み、ズズッとさらに少し引き出した。

「やっ……あっ、あっ、んっ」

蜜窟の浅い部分は本当に気持ちがよさそうだ。

彼女の手を取り、股間へと導きながら……。

「ん？　もう少し深く？　それとも、抜いたほうがいいのかな？」

緩々と抜き差しを繰り返してみる。

だが、杏子の指先がふたりの繋がった部分、とくに大輔の欲棒に触れ——彼の中から余裕の文字が消えた。

しなやかな指に撫でられ、彼は大きく息を吐く。

その指がつーっと裏筋をなぞり、「あ、柔らかい」そんな呟きが聞こえてきて、彼女は優しい仕草で袋を揉み始める。

「あの……あの、奥で……ピクピクってしたんですけど」

「そりゃ、君がいやらしい触り方をするから……どこで、誰に教わったんだ？」

「教わったとかじゃ、ないです。大輔さんが、わたしのことも優しく、触ってくれるから、だから……同じようにって」

彼女の手を摑んで、その指先に軽く口づけ、大輔は自分の首に回させた。

「ごめん、もう、達《い》きそうだ。ちょっとだけ……我慢してくれ」

杏子の背中に手を回し、強く、それでいて優しく抱きしめる。大輔はこれまでより荒々しい動きで腰を突き上げ始めた。

「あ……あっ、あんっ、やっ……や、あ、あ……大輔さん、大輔さ……んんっ」

刹那、大輔は息を止めた。

全身が強張《こわば》り、昂りの先端が爆ぜ飛ぶ——次の瞬間、大輔の躰から、欲望の熱が解き放たれた。


大輔は心地よいまどろみの中にいた。

バルコニーでの情事も悪くなかった。杏子の存在を感じるだけで、久しく眠っていた情熱がいとも簡単に目を覚まし、理性の鎧を剝ぎ取っていく。

ひとりの女性と、これほどまで親密な時間を持ったのは初めてだった。

同じベッドで眠り、朝を迎え、食事をして……たまに、ベッド以外の場所でも戯れながら一日を過ごす。まさにハネムーンそのものだ。

彼女といれば、この延長線上にある新婚生活まで容易に想像でき……。

自分は『値段《プライスレス》をつけることができない』の幸せを求め始めている。

そんな危険な感情に囚われるわけにはいかない。

一日……いや一分一秒でも早く、杏子から離れるべきだ。彼女と離れて寂しいと感じる前に。いつもの自分を取り戻す。そのためにも、少しでも早く香港に戻れるよう、手配してもらったほうがいい。

反面——。

少しでも長く、このハネムーンごっこを続けたい、と思う自分もいた。

杏子に対する物珍しさが、彼女を特別な存在に感じさせてしまうのだろう。この関係を長く続けたら、飽きてくるに決まっている。

だが、今はまだ、そのときではない。

あと四日程度のこと。

たったそれだけ……この茶番を続ければ、大輔の責任は果たせる。

触れる前からそうとわかっていて、杏子のバージンを奪ってしまった。せめて、この旅行中くらい彼女のパートナーを演じきるのは自分の責任だ。

彼女が思い描いたであろう理想の男、大勢の命を救った〝奇跡のパイロット〟として。

素性もわからない、得体の知れない男だとバレる前に、なんとしても、彼女の手を放さなくてはならない。

『……大輔さん……』

彼の左手をしっかりと摑み、杏子が頰ずりしていた。

振り払わなくては、と思うのに……どうしてもできない。

『ダメだ……ダメなんだ……放してくれ！』

大輔は、杏子に向かって叫んでいた――。

「大輔、さん？」

常夜灯のオレンジ色の光に照らされ、杏子がこちらを覗き込んでいた。

不安そうな顔で大輔の手をしっかりと握りしめている。どうやら、このせいで妙な夢を見てしまったらしい。

半身を起こしたとき、ベッドがギシッと音を立てた。

一昨日泊まった空港近くのホテルは改装したばかりらしく、スタイリッシュで新しい内装だった。無駄なものを省き、流行の先端を意識していたように思う。ただ、上質な家具や調度品が揃っていたとは言いがたい。改装の際、ドアまでは手が回らなかったらしく、シリンダータイプのルームキーのままだった。

大学に近いホテルは、あちらに比べると……よく言えば落ちついた、正直に言えば年季の入ったインテリアになっていた。スイートルームといってもゴージャスな雰囲気はなく、部屋の大きさも半分程度だろう。

英国カントリー風の家具が中心で、ベッドのスプリングにこだわるより、ベッドカバーのパッチワークにこだわりがあるようなホテルだった。

そのパッチワークのカバーの上に杏子は座り込んでいる。

全裸の大輔と比べて、彼女はバスローブを羽織っていた。その下には、きちんと下着をつけているのは間違いない。

「悪い、起こしたらしいな……妙な夢だった。まだ、一時か……俺と一緒に」

一緒に寝ようと言いかけ、彼女に左手を差し出したとき——薬指がきらりと光った。

「これ、は?」

「わたしが、買ってきました。昨日、空港に寄ったとき……ジュエリーショップがあったので……ダメでした?」

大輔が杏子の指にはめた指輪とよく似ている。というより、彼女が似ているものを選んだのだろう。

それは心の奥をくすぐられるような、不思議な感覚だった。

「昨日からずっと、ホテルの部屋代とか、レイククルーズとか、大輔さんが支払ってくださったでしょう? わたしが誘ったのに、申し訳なくて……」

「だから、指輪?」

「時計とか、洋服とか……いろいろ考えたんですけど、この休暇だけって思ったら……ハネムーンツアーに参加してるっぽい感じで、お揃いの指輪がいいかなって」

大輔は返答に迷った。

女性から形に残る贈り物をもらったのは初めてだ。これまでは、すべて断ってきた。欲しいものはないかと問われ、自分で買うと答えて、怒らせたこともあった。

思えば、形に残るものを贈ったのも初めてかもしれない。

それも指輪などという思わせぶりな品……冷静に考えれば、出会ったばかりの女性には贈らないだろう。

（いや、ただの小道具だ。最初に気になったから……彼女もつけておいたほうがいいと、そう思っただけで……）

大輔の迷いが彼女にも伝わったのだろう。

「あ、あの……お金で買えるものです！　そんなに高くないですし……あ、安物ってわけじゃないですよ。ちゃんと、保証書もあって本物です」

必死に釈明する彼女が可愛らしくて、大輔は吹き出してしまった。

「ああ、そうだな。ペアのほうが、説得力もあるってもんだ」

大輔の表情が柔らかくなったことに、彼女はホッとしたらしい。ふいに目を細め、頰が蕩けるような笑顔に変わった。

そんな彼女をみつめるだけで、大輔の心まで温かくなっていく。

「よかった。あ……わたし、ファッションリングっぽい感じで、ゴールドを選んでくださったんだって思ってたんです。でもショップに行って、イギリスのマリッジリングはほとんどがゴールドだって聞いて、ビックリしました」

「日本は……プラチナだっけ？」

「ゴールドは変色しやすいって聞いた気が……プラチナは変色しにくくて、永遠の輝き？　そんな宣伝文句があったと思います」

たしかに『永遠の輝き』という謳い文句は、そういったことに無頓着な大輔にも聞き覚えがあった。

日本でプラチナが人気なのは、およそ業界の宣伝にすぎないのだろう。

ゴールドにどんな意味があるのかは知らないが――愛は移ろいやすく、輝きは永遠じゃない、そんな皮肉めいたものを感じる。

ところが、杏子の捉え方は違った。

「でも、何もしなくても輝き続けるなんて、あり得ないですよね。夫婦の愛情は、このゴールドのマリッジリングと一緒で、いろいろお手入れして、色褪《あ》せないよう大切にしなきゃダメってことなんですよ、きっと」

その言葉に大輔は息を呑んだ。

彼女はそんな大輔に気づかないのか、遠い目をして語り続ける。

「それなのに……わたしったら、結婚さえすれば、永遠の輝きが手に入るって思ってたんですから……ホント、馬鹿だったなぁ」

大輔は手を伸ばし、杏子を抱き寄せた。

君なら必ず、本物の輝きを手に入れることができる。今度こそ、純白のウエディングドレスに身を包んで、永遠へと繋がる思いを受け取る日がくる、と言いたくて、言えない。

その日がきたとき、杏子の隣に立つのは、誠実で彼女に愛を捧げる資格のある男――大輔以外の男だろう。

大輔を指輪に例えるなら、見栄えのいい金メッキで正体を隠した偽モノ。日本の露店で売っている千円程度の品だ。

それは、杏子にふさわしい指輪ではない。

「君は馬鹿じゃない。馬鹿なのは、本物の輝きを持つ君を手放した男のほうだ」

髪をすくい上げ、後頭部に手を添えながら……大輔は彼女の首筋に唇を押しつけた。

「じゃあ……大輔さんは、放さないでくれますか?」

ここで『ああ、いいよ』と答えたら、杏子はどう思うだろう?

大輔は金で買えるものしか欲しくない、とはっきり宣言した。杏子を金で買えると言いたいのか、それとも、金で買えるものしか欲しくない、金で買えない君が欲しくなった、と言うつもりか。

(金メッキの分際で、何を言うつもりだ? それとも、セックスがいいから手放したくないのか? 俺はいつから、そんな卑しい男になったんだ?)

自分も馬鹿な男のひとりだと、そう言ってしまえばいい。

わかっているのに……今、その言葉を口にしたら、彼女は、大輔との関係をこの夜限りで終わりにするかもしれない。

そのとき、杏子の声から深刻さが消えた。

「どうして、そんな顔するんですか？　あと四日……ヒースロー空港まで、八十時間くらいですよ？　それまでは、このマリッジリングをつけていていてもいいでしょう？」

彼女は指輪をつけた左手で大輔の頬を撫で、目が合うと誘うように微笑んだ。

（そうだ、彼女は今を楽しんでる。こっちの勝手な思惑で未来を欲しがったところで、受け入れてくれるはずがない。何をとち狂ってるんだ、俺は）

華奢《きやしや》な手を、大輔は武骨な手でそっと包み込む。

「ああ、もちろん。次は……手間のかからないプラチナにするといい。俺のは金メッキだから、剝げる前に捨ててくれ」

「――嫌って言ったら？」

「杏子、さん？」

「これは、わたしがもらったものだから、わたしが決めてもいいんでしょう？　他の思い出は全部捨てても、これだけは……大切に取っておこうと思ってます」

その答えは、鍵をかけて封印した大輔の過去を、恐ろしい力で揺さぶった。

第五章　さよならの雨

中世から残る史跡の数々、蜂蜜色のレンガの家、一枚の絵に描かれたような田園風景、本物のマナーハウスに泊まること……等々。

すべて、コッツウォルズ地方で楽しみにしていたことだった。

「──それなのに、ちゃんと見たのがバースのロイヤル・クレセントだけ、なんて」

杏子が今、窓から見ている景色は……すぐ下に広がるトラファルガー広場。

晴れているおかげで、ロンドンアイやビッグベンもクリアに見える。

『このツアーで、こんなに晴れの日が続くのって珍しいのよ。ひょっとして、杏子ちゃんって晴れ女？』

ロンドンに到着したとき、添乗員の美穂からそんなことを言われた。

とくに晴れ女の自覚はないが……そういえば、幼稚園からずっと、運動会が雨で延期になったことはないかもしれない。

同じ景色を見ながら、大輔は白いティーカップを手にしていた。

「でも、ホテルはよかっただろう？　スパもふたりきりで過ごせて……楽しかった」

思わせぶりに笑い、彼はウインクする。

バースで泊まる予定だったマナーハウスは、大輔が別に部屋を取ろうとして断られた。旅行会社のリストに載っていない、予約客しか受け入れない、と言われてはどうしようもない。仕方なく、彼と一緒にロイヤル・クレセントの中にあるホテルに移ったのである。

そこのラグジュアリースイートは、マナーハウスのインテリアに勝るとも劣らず、クイーンサイズのベッドも素晴らしいスプリングだった。

ほとんどホテルから出ず、寝心地のよさを堪能していたのだから間違いない。

「まあ……ホテルは最高でしたけど」

「その分、今日はロンドン観光ができたし、二階建てバス《ダブルデッカー》にも乗れたし、こうしてロンドンのアフタヌーンティーも楽しめたってことで」

今日の午前中にロンドンに到着したため、ツアーで大英博物館とバッキンガム宮殿を回った。夕食まではフリータイムになり、そのとき、杏子がポツリと呟いた。

『せっかくイギリスまで来たのに、一度もアフタヌーンティーを楽しむチャンスがなかったなぁ』

イギリスの料理はフランスやイタリアほど有名ではないが、アフタヌーンティーだけは特別だ。ロンドン市内の一流ホテルが有名だが、厳格なドレスコードがある。予約を入れようとしたとき、婚約者の達也が面倒くさがった。それならツアーの前半、マンチェスターかウィンダミアのフリータイムに楽しもうと思っていたのだ。ところが、緊急着陸の騒動もあって、スケジュールが大幅に狂ってしまい……。

もう諦めようと思っていたとき、大輔がトラファルガー広場の近くにあるギャラリーまで連れて来てくれたのだった。

ギャラリーの最上階にあるレストランは、伝統的なアフタヌーンティーが楽しめる穴場だという。そのわりに堅苦しいドレスコードはなく、ロンドンを一望できるロケーションが売りで、しかもお手頃価格と聞けば……。

どうしてこんなに詳しいのか、気にならないといえば嘘になる。

『ロンドンには最低でも月二回飛んでくるからね。嫌でもあちこち詳しくなるさ』

大輔は笑ってごまかしていた。

(きっとデートよね？　女の勘がそう言ってる……ああ、そうよ、これが女の勘！　わたしにもあったんだ)

達也と舞子の関係に、結婚式当日まで気づくこともできなかった。

あまりにも鈍感で、自分に女の勘はないのかと思っていたが……初めて反応した女の勘に、嫉妬《しっと》より感動すら覚えてしまう。

一方、レストランは想像よりシンプルな内装だった。

食器も白一色、三段のティースタンドには、下段にサンドイッチ、中段にスコーン、上段に甘いペストリーが数種載せられていた。

杏子が頼んだ紅茶はダージリンのファーストフラッシュ。日本茶も薄いほうが好きなので、紅茶も春摘みのほんのり香るくらいの茶葉が好みだ。

まずは、マナー本を思い出しつつ、サンドイッチから口に運ぶ。

「夕食はどうする？　ツアーで泊まるホテルより、もう少しビッグベンに近い場所に俺の定宿がある。そこに二泊しようと思ってるんだが……杏子さんも一緒でいい？」

杏子がスコーンにクロテッドクリームを塗り始めると、ちょっと控えめなトーンで大輔が口を開いた。

「そこなら、イタリア料理が絶品だよ。代金は心配いらない。特別に契約してるホテルだから格安なんだ。空いてる部屋に入れてもらうから……」

「なーんて言いながら、スイートルームなんですよねぇ……でしょ？」

「……」

大輔は無言で紅茶を啜る。

ここまでの宿泊代金はすべて大輔持ちだ。交通費や食事代も、サラリと先手を打たれてしまうので、杏子には払うチャンスがない。

奢ってもらうばかりでは気が引けると伝えると、ランチやお茶代など、安価なものばかり任せてくる。

（わかってるわよ。大輔さんは高給取りのパイロットだから、これくらい、たいした金額じゃないって。でも、だから……よけいに気になるのに）

マンチェスターで過ごした二度目の夜、杏子は精いっぱいの勇気を出した。

『じゃあ……大輔さんは、放さないでくれますか？』

大輔はとても困った顔をして、黙り込んでしまった。きっと必死で断る言葉を選んでいたのだ、杏子を傷つけないために。

杏子が慌てて軽い口調で言い返すと、彼もようやく応じてくれた。

だが――。

『次は……手間のかからないプラチナにするといい』

『剝げる前に捨ててくれ』

あれは、ハネムーンツアーが終わったあとも会ってほしい、そう言いかけた杏子への牽《けん》制《せい》だろう。でも、次の恋の話はしてほしくなかった。だから、つい言ってしまったのだ
『これだけは……大切に取っておこうと思ってます』と。

最初から、もっと軽いノリで話せばよかったのかもしれない。

『香港まで遊びに行っていいですか？　もっといろんなエッチを試してみたいから、大輔さんに教えてほしいなぁ』

（って……これじゃ頭の悪い女子大生みたいだし）

『次は香港に遊びに行きたいと思ってます。そのときにもう一度会いませんか？　今度こそ、わたしに奢らせてください！』

（あーもう！　わたしったら、いつまでこだわってるのよ。きっと違うんだわ……可愛い女は、『ありがとう』『ごちそうさま』そう言ってニッコリ笑うのよ）

いろいろパターンを変えて想像してみるが、結局、何を言っても裏目に出てしまいそうだ。

そんな杏子の悩みを知ってか知らずか、目の前にいる大輔は、ミルクたっぷりのアールグレイを美味しそうに飲んでいた。

余裕綽々《よゆうしやくしやく》で、結局、すべて大輔の言うとおりになってしまう。

（こっちは、こんなに好きになって困ってるのに……。きっとここでも、綺麗なＣＡさんとデートしたのよね？）

そう思った瞬間、杏子は身を乗り出し、手にしたスコーンを彼の口元に差し出した。

「はい、あーんして」

彼はとても優しくて、スマートに女性をエスコートしてくれる。時折、杏子のことをからかって慌てさせるが、彼自身が慌てふためくようなことはない。

少しくらい、慌てるところが見てみたい。

「あーんして食べてくれたら、大輔さんの定宿に泊まってあげるし……なんでも、大輔さんの好きなことをしてあげます」

小悪魔風の誘惑——を想像した杏子の限界だった。

（無理、これ以上は無理。っていうか、これって誘惑になってるの？　ちょっとはCAさんに勝ってる？）

仮想敵はアジアパシフィック航空の美人CAだが、ひょっとしたら、金髪碧眼《きんぱつへきがん》のロンドン美人かもしれないのだ。しかも巨乳とかなら、杏子に勝ち目はない。

そう思ったとき、大輔が杏子の手を摑んだ。クロテッドクリームが塗られたスコーンをパクッと食べ、杏子のほうがビックリして、固まってしまう。

しかも大輔は、スコーンだけでは足りないとばかり、彼女の指まで咥えて丹念にねぶり始めた。

ぬめりのある生温かい舌に、指が飲み込まれていく感じがする。

「大輔さん……こ、ここ、レストランです」

「誘ったのは君だろう？　大丈夫、スコーンを食べてるだけだから」

スコーンはおろか、指先についたクロテッドクリームすら、すでに舐め尽くしている。

いや、それよりも、杏子自身が変な気持ちになってきて……脚をモゾモゾと動かしてしまう。

そんな杏子の異変に気づいたのだろう。

彼は今まで舐めていた手を摑むと、

「なんでも、俺の好きなことをしてくれるんだって？　すごく楽しみだ」

それはお手本のような、誘惑の微笑みだった。

黒い瞳が情熱的に揺らめき……杏子は吸い込まれるようにうなずいていた。


トラファルガー広場からビックベンに向かって歩くこと数分。

大輔が定宿にしているホテルは、ツアーで泊まるホテルに比べると格が違った。

何より、立地条件が全く違う。ウォータールー駅はもちろんのこと、ロンドン水族館やロンドンアイまで真横にあった。

大輔が指定した部屋は十一階、予想どおりのスイートルームで、ベッドはキングサイズのハネムーン仕様だという。

ドアを開けてすぐ、エントランスは思ったより狭い。

だが、そのエントランスに入るなり、大輔はベルボーイにチップを握らせてドアから追い出した。

「あ……待って、食事は？　美穂先輩にも連絡を入れておかないと」

「レストランであんなふうに誘惑しておきながら？　君だって、もう我慢できないだろう？」

たしかに、大輔を誘惑して困らせてやりたいと思った。

彼は黒のジャケットを脱ぎながら、珍しく結んでいたネクタイをひと息にほどき、シャツのボタンを外していく。

その動作はあまりに荒々しくて、これまでの彼からはとても想像できない。

コッツウォルズ地方に到着してから、杏子は将来を匂わせる言葉は一切口にしていない。

大輔も同じだ。

そんな中、ふたりはコッツウォルズ地方の観光にも出かけず、バースのホテルでひたすら抱き合った。

バース滞在中、あと七十二時間……六十時間……そのカウントダウンが杏子の頭から離れず……。バースを離れるときには、四十八時間を切ってしまう。

そんな中、彼に抱かれている間はすべてを忘れられた。

「バースでは、オプショナルツアーまでキャンセルさせてしまったから、しっかりロンドンの観光案内をしようと思ってたのに……君のせいだぞ」

大輔は半裸になると、今度は杏子のチュニックに手をかけ――一気に脱がせた。

シュシュが落ち、焦げ茶色の髪が肩を覆う。そして、チュニックの下に身につけていた黒いレースのハーフカップブラジャーが露わになった。

イギリスに来るまでの杏子を知っている人間なら、絶対に彼女のものとは思わない。それくらい、セクシー過ぎるデザインだ。

大輔の口から尻上がりの口笛が聞こえる。

「初めて見るデザインだ。浮気男とのハネムーン用に、まだこんな奥の手を隠していたとはね」

杏子はそれには答えず、自ら黒いロングスカートのファスナーを下ろした。スカートがストンと足元に落ちる。

彼女のヒップを隠しているのは……というより、ほとんど隠れていない。ブラジャーとお揃いの黒いTバックショーツとガーターベルト。Tバックを穿いたのは初めてで、今日は朝からお尻がスースーしていた。

「浮気男……じゃなかった、達也さんとのハネムーン用じゃありませんから。マンチェスターの空港で買ったんです。……あなたのために」

空港のショッピング街でジュエリーショップを見つけたあと、その近くにランジェリーショップも見つけ、杏子は飛び込んだ。

そのショップにあるのは、ディスプレイされているものだけでなく、店頭に並んでいる品まですべて、大人の女性が恋を楽しむのにふさわしいデザインばかり。だが、サイズ表示が違うため……購入するかどうかけっこう悩んだ。

購入してからも、いざとなるとなかなか着る勇気が出せず……。

だが、ロンドンでは絶対に着ようと決めていた。

「俺のため？」

「だって、今のパートナーはあなただから……そうでしょう？」

曇る彼の顔を見て、杏子は急いで付け足す。

（わたし、また失敗しちゃった？）

大人の女、いい女のフリをしようとしては失敗する。

ひとりでハネムーンツアーに参加することになって、そこで大輔に出会った。美穂に背中を押されて、彼を誘ってハネムーン並みに楽しもうなんて……やはりハードルが高過ぎたのかもしれない。

杏子が心の中で自分を負け組に振り分けようとしたとき、大輔に手首を掴まれた。

激しく抱きすくめられ、唇を奪われる。

「君は完璧だよ。じゃあ、バスルームに行こうか？」

「バスルーム？」

「俺の願いを、叶えてくれるんだろう？」

杏子は彼を見上げたまま、ゆっくりとうなずいた。

壁には淡いグレーのタイル、床は大理石のようだ。大きめのバスタブがあり、独立したシャワーブースもあった。

大きな鏡のある洗面台の前で大輔は立ち止まり、鏡に向かって杏子を立たせた。彼は後ろから覗き込んでいる。

鏡に映る自分は、まさに蕩けるような瞳だった。頬は赤く火照り、荒々しい息遣いに胸は上下して……セクシーな下着にふさわしい女性がそこにいる。

そして自分のことだけでなく、大輔のまなざしにも火傷しそうな熱を感じた。

彼はシャワーブースまで行くつもりはないらしい。鏡をみつめたまま、杏子の身体を背後から抱きしめてきた。

大きな手が杏子の胸を鷲掴みにする。そのまま、円を描くように持ち上げ、やわやわと揉みしだいた。

「あっ……んんっ」

胸を愛撫され、思わず声が漏れてしまった。

その瞬間、自分の淫らな姿を鏡で見てしまい、杏子は息を呑んで我に返る。

「大輔さん……わたし、こんな……」

「こんな、何？　自分からこんな格好をしたんだろう？　男をその気にさせた責任は、きちんと取ってもらわないと」

いつの間にか、ブラジャーの肩紐が両肩とも滑り落ちてしまっていた。鏡には彼の手の中で形を変える胸と、指に挟まれたピンク色の先端まで映っている。

直後――大輔の手が下に向かった。

彼の手はへその上をなぞり、下腹部を撫で回し、漆黒のショーツの中へと滑り込んでいく。

「あ……あ、やだ、待って……シャワーも、浴びてな、い」

その言葉とは裏腹に、ショーツの中からすぐに、クチュクチュ……と蜜を掻き混ぜる音が聞こえ始めた。

それはあきらかに、触れられる前から濡らしていた証拠。

(だって、大輔さんが、あんないやらしい舐め方をするから)

そのとき、鏡に映る彼と視線が絡んだ。

「本音じゃないだろう？　君のココは、もう待てないってさ。ほら、我慢せずに、はっきり気持ちいいって言うんだ」

「え？　あ、そんな……ちょっと、待って、ま……ああっ！　やっ、やだ、ダメ、あ、あ、あーっ！」

彼の指がショーツの中で激しく蠢き、あっという間に絶頂へと押し上げられる。日本を発つまで、こんな快感など知らずにいた。興味はあっても、早く知りたい、経験したいとまでは思わなかった。

それなのに……大輔と出会ってから、いったい何度、達《い》かされたのだろう。これが俗にいう〝女の悦び〟に違いない。これほどまでの快感を知らずに生きてきたなんて……。

だが、知ったばかりのこの悦びは、明後日の朝には手放さなくてはならない。

背後からファスナーを下ろす音が聞こえてきて、息をつく暇もなく、熱く滾ったものが秘所に押しつけられた。

「あ、あの、大輔さん？」

「この場所なら、バックからでも怖くないだろう？　お互いの顔も見える」

彼は鏡越しに微笑んでいる。

あのときはバルコニーという場所も不安だった。限りなく外に近い場所、そんなところで初めて経験する体位、それで大輔の顔が見えないとなれば、怖くなっても無理はないだろう。

（でも、ここで？　それに、立ったままなんて）

疑問を言葉にする時間もなく、Ｔバックの——まさしく紐のようなクロッチ部分をほんの少しずらしただけで、彼は杏子の膣内《なか》に滑り込んでくる。

杏子はとっさに、洗面台に手をついていた。

そんな彼女に覆いかぶさるようにして、ズズッ、ズズズッと、緩やかな動きで侵入してくる。

押し込んでは、腰を引き、そしてすぐまた、もっと深い場所まで入ってきて……少しずつ、少しずつ、彼の猛りが杏子の躰を開いていく。

「あっ、あっ、あ……んっ、大輔さ……んっ、あ……抱いて、もっと……もっと、ギュッと、抱き、しめ……て」

大輔と重なり合う場所に、ピリピリした電気が走る。

「杏子……君をもっと知りたい。もっと、深くまで……」

ふたりの躰だけでなく心まで、境界線もわからないほど、ひとつに溶け合っていく。

彼の抽送に揺らされるまま、杏子はさらに前のめりになった。顔が洗面台に近づき、思わず、鏡に掌を押し当てる。

その瞬間、大輔の顔が間近に見え――。

杏子は指先で鏡に映った彼の輪郭をなぞる。

「大輔さん……大輔、さ……ん」

（好き……あなたが好き、離れたくない。ずっと、傍にいたい。大輔さん、大輔さん、愛してます。あなたのこと、愛して……)

声に出すことはできず、杏子は唇を噛みしめたまま、与えられる快感に身を委ねた。

白いシーツの波を掻き分け、ふたりは長い時間をかけて、快楽の海を漂い続けた。

ときには嵐のような激しさで、そしてときには凪いだ海の波間を揺蕩うように……。これを至福と呼ばず、何を幸せだと感じればいいのだろう。

だがこの至福は、口にした瞬間、綿あめのように溶けていくことを知っていた。

舌の上にざらつきだけを残し、きっと、この甘さすら忘れてしまう。

夜の闇が深くなり、その闇が遠ざかって、東の空に光が生まれるころ、ハネムーン仕様の寝室は本来の静寂に包まれたのだった。

杏子の感覚では……睡魔に襲われてほんのちょっとウトウトしただけ……そして、携帯の目覚ましに叩き起こされたのだから、正直つらい。

(旅行中、ずっとこんな感じよね? 寝不足なのは間違いないんだけど……。仕事柄、夜勤には慣れてるはずなのになぁ。ああ、情けない)

十歳も年上の大輔のほうが元気そうに見えるのだから、ちょっと悔しい。

そのとき、ベッドから出ていこうとした大輔に抱きついた。

「どうした、杏子さん？　今日は、バッキンガム宮殿の向こうに見えたハイドパークに行くんだろう？　ハロッズにも行きたいって、違ったかな？」

今日は事実上、ハネムーンツアー最後の日だ。

昨日、近くまで行きながら立ち寄ることができなかったハイドパークに行ってみたい、と言ったのは杏子だった。野生のリスを間近で見たいと言ったら、『早朝なら確実に見られる』と大輔が教えてくれた。

そのことはちゃんと覚えていたのだが……つい、引き留めてしまう。

「ハイドパークは……次のハネムーンのときに行きます。何年後かわからないけど、リスはいなくならないと思う。お土産は、ヒースロー空港でも買えるから……」

あの状況で旅行に出発した杏子に、お土産を期待している人間などいないはずだ。

今の杏子は一秒でも長く、大輔に触れていたかった。

白いリネンに包まれたブランケットの下、ブロンズ色の素肌に頬を押し当てた。そっと唇を押し当て、胸から腹部へとキスしていく。

大輔は最初の宣言どおり、ベッドの上では何も着ていない。

一方、杏子は……大輔と同じベッドで過ごしたこの数日間、何も着せてもらえなかった。いや、着る暇がなかった。

硬い腹筋をなぞり、そのまま下へ向かうと、すでに天井を向いた彼自身に遭遇する。

大輔は、杏子が少しでも嫌と言うと、決してごり押しはしない。常に優しく、それでいて新しい世界を教えてくれる。

そそり勃つ男性自身に触れるところまでは経験したが、そこから先は——未知の世界だ。

「杏子……さん、それ以上は……したことあるのか？」

「あっ、ありませんけど。でも、もう、すっごく……大きいです」

これを咥えたりしたら、顎が外れてしまうのではないだろうか？

ビクビクして深呼吸を繰り返していると、彼の手が杏子の頭に置かれ、優しく撫でてくれた。

「無理しなくていいんだ」

「無理じゃないです。わたしが、したいの。こういうことも、経験のひとつでしょう？きっと、新婚カップルならすると思います！」

語気を強めた瞬間、杏子は手にした昂りを握りしめていた。

大輔は眉を顰《ひそ》めつつ、

「わかった。わかったから、優しく扱ってやってくれ。こう見えて……繊細なんだ」

彼らしくない弱気な口ぶりだ。

少年のように頼りなさげに見えて、杏子はクスッと笑ってしまう。

「全然、そんなふうに見えない。だって、こんなに逞しいのに？」

両手でソッと包み込み、彼の先端に何度も口づけた。すると、小さく痙攣しながらピクンピクンと反り返ったのである。

凶悪そうな見た目なのに、大輔の躰だと思うだけでこんなに愛しい。

（ああ、やっぱり、恋ってすごい。でも、どうしよう……こんなに、彼のことを好きになっちゃうなんて）

タイムアップの時間を頭から振り払い、杏子は亀頭部分のくびれに舌を這わせた。

どの部分まで口に含んだらいいのか、確認を取るべきかどうか、杏子は悩みながらも、彼に悦んでほしくて必死に舐めたり、吸ったりした。

そのとき、大輔の手が肩に触れ……強く摑まれたのである。

「ストップ！　悪い、もうストップだ」

「気持ち……よくない、ですか？」

自分が慣れていないせいで、不快感を与えてしまったのかもしれない。

杏子が落ち込みそうになりながら、ブランケットの下から顔を出し、上目遣いで彼をみつめたとき、大輔はフッと笑った。

「いや、そうじゃないよ。第一、ＡＶじゃあるまいし、女性の口の中に射精《だ》すつもりはない。君と一緒に気持ちよくなりたいだけなんだ。でも……」

マンチェスターのホテルで買ったコンドームが弾切れだ、と残念そうに笑う。

「あと四泊ならふた箱もあれば充分、と思ったのが間違いだった。今夜までには用意しておくから——」

「わたし、安全日だから……大丈夫だと思います」

とっさに、そんな言葉を口走っていた。

「本当に？　ナースの君がそう言いきっていいの？」

「そ、それは……」

言いきれるわけがない。

わかっていて、大輔は聞き返しているのだ。

あと二十四時間ちょっとで終わる恋のために、そんな危険を冒していいはずがない。杏子の理性はそう叫んでいるのに、本能が邪魔をする。

「大丈夫、です。だって、帰国しだいアフターピルを飲むつもりですから……ちゃんと自衛は考えてます。それとも、別の危険がある、とか？」

こんな挑発をしても無駄に決まっている。彼は大胆に見えて慎重な人だから、やはりダメだと言うだろう。

それどころか、杏子の大輔に対する恋心を察し、ここで終わりにしようと言われたら？

（そんなの……まだ二十四時間も残ってるのに、そんなのは嫌！）

杏子が慌てて前言を撤回しようとしたとき、彼はブランケットを剝ぎ取り、ふたりのポジションが入れ替わっていた。

「そんなに、イケナイことがやりたいわけか？　いいよ、わかった。最後まで俺が付き合ってやる」

大輔は荒々しい動作で杏子を組み伏せ――躊躇なく、最奥を穿った。

「あっ……う」

生々しい肉棒を挿入され、蜜襞を抉《えぐ》られる感じがする。

足首を摑まれ、大きく開かされ……早朝のベッドルームにパンパンと肉を打ちつける濫《みだ》りがましい音が響いた。激しい抽送が繰り返され、杏子の肢体は人形のように揺さぶられて、されるがままになる。

大輔の顎から汗が滴り落ち、それを見たとき、杏子は両手を伸ばしていた。

彼の頰を挟むように触れ、次の瞬間、彼は倒れ込むようにして杏子に口づけたのだった。

お互いの吐息を求め、唾液を啜り合って、彼は杏子の唇を甘嚙みした。奪い合うようなキスを経験し、杏子は眩暈《めまい》を感じる。

ピリッとした痛みを唇に感じたとき、彼に背中を支えられて、上半身を起こされていた。

脚を開いて彼を受け入れたまま、向かい合ってベッドに座っている。

信じられないくらい恥ずかしい格好なのに、杏子の心と躰は火が点いたようになり、どうしようもなく燃え盛っていた。

「無防備なセックスは気持ちいいか？」

躊躇いながらも杏子はうなずく。

「だい、すけ……さんは？」

「もちろん、気持ちいいよ。すぐにも爆発しそうだ。俺は……男は、いくらでも無責任になれるから」

チクンと胸が痛んだ。

大輔はこんなセックスをしたくなかったのだ。それなのに、杏子の我がままで引きずり込んでしまった。

「杏子さん、この体勢になった意味はわかるか？」

彼に抱きついたまま、杏子は無言で首を横に振る。

大輔は何か言おうとしてやめ、それに代わって、杏子を腕の中に閉じ込めるように掻き抱き、二秒後——動きを止めた。

膣奥に熱い飛沫《しぶき》を感じる。

同時に、白濁の奔流が胎内を駆け巡り、空虚な部分まで満たしてくれたのだった。

我に返ったとき、杏子はすぐに腰を浮かせようとしたが——。

「もう、遅いよ。君の膣内《なか》に、たっぷり射精《だ》したあとだ」

大輔の言葉が冷たく聞こえて、杏子の身体は急速に熱を失っていく。

（欲しかったから……どうしても、大輔さんの全部を知りたかったから……でも、嫌われて別れるなんて、そんなつもりじゃなかった）

男と女の部分は繋がったまま、心だけ遠く離れてしまったみたいだ。

彼の胸にもたれかかり、縋りついて、声を上げて泣きたい。指先をほんの数センチ動かせば済むことなのに、今はもう、許されないことのようで……。

「ごめん……なさい」

「……」

「ごめんなさい！　でも、全部わたしのせいだから……わたしが、責任は取るから、だから、あなたは何も心配しないで。あなたには迷惑かけない、か……ら」

ふいに大輔の顔が近づいてきて、杏子と唇を重ねた。

彼の吐息は甘く優しく……マンチェスター空港近くのホテルで、初めてキスしたときのような、杏子を慈しむような口づけだった。

「今日は大丈夫な日なんだろう？　アフターピルを飲むっていう君の言葉を信じる」

「大輔さん……」

「そんな顔するなよ。いい子じゃない君も魅力的だ」

うつむく杏子の唇をすくい上げるようにして、彼は何度もキスを繰り返す。

「俺に謝る必要はない。なんたって俺は、君の人生でたまたま出会った……据え膳を美味しくいただいただけの悪い狼なんだから」

「でも……今朝は……わたしのほうが、狼になって襲っちゃいました」

涙を堪えるようにして、杏子は必死に微笑む。

そのとき、大輔が腰をクイッと動かした。

「やっ……ぁん」

吐精して萎《な》えかけていたはずの雄身に、ふたたび力が漲ってくる。杏子の蜜道を塞ぐように膨張し、内襞を刺激し始めた。

「さて、悪い狼さんの本領発揮といこうか。俺はやられっ放しになってる男じゃない。ここまで煽ったんだから、覚悟はいいよな？」

「か、かく、覚悟……って」

大輔の目に、少し前にはなかった情熱が浮かんでいる。

吐息が首筋に触れ、肩口までなぞっていき……杏子の胎内が疼き始めたとき、いきなり片脚を持ち上げられた。

「きゃっ、あ……あっ」

脚を肩に担がれ——直後、大輔の怒張に蜜窟の底を抉られた。

「こんな、危険な快感を俺に教えて、一度で済むとは思ってないだろう——ってこと。そうだな、言い方は悪いけど、猿にオナニー教えたようなもんだよ」

　これまで以上に卑猥なセリフのオンパレードで、杏子は頭の中が真っ白になる。

　何か、大輔の中で変化があったのかもしれない。だが、その理由を考える余裕もなく、次々に快感が襲ってきた。

「あ、あの、待って、一度でって……あの」

　グジュ……ズチュ……重なり合った部分から、激しい蜜音が聞こえてくる。白濁が泡立ち、クリームのような潤滑油となって溢れてきた。

　荒々しさは同じなのに、さっきとはまるで違う。

　杏子の中で暴れる彼自身から、欲望以外の何かが伝わってきて……愛し合っているような錯覚に陥りそうになる。

「どうした？　さっきは、あんなに積極的だったくせに」

「それは……」

「後悔しても遅いって言っただろう？　さっき、君が上になってたとき——君に選択権があった。でも今は、俺が決める」

　その声があまりにも逼迫していて、躰より心が疼いた。

　口を開いたら『好き』と言ってしまいそうで……本当はそう言いたくて……。

　杏子は胸いっぱいに空気を吸い込んだ。でもそれはしだいに、石を飲み込むような苦しさに変わっていく。

すべて吐き出さなくては、胸が張り裂けてしまいそうなくらいに。

「だい、大輔……さん、わたし……わたしは、あの……」

彼は何を決めるつもりだろう。

今は、それが知りたくて、精いっぱいの強がりを口にしてみる。

「大輔さん……狼さん、じゃなくて……お猿さん、だったんですか？」

「ずいぶん余裕だな。そんな口、利けなくしてやるよ」

そう言った瞬間、彼の指が杏子の花芯をまさぐった。

「ああっ！　やっ、それ、ダメ……ダメッ！　あっ、あ、あ、あーっ!!」

蜜窟の奥まで捻じ込まれ、二ヵ所を同時に攻められて、シーツを握りしめながら全身を反らせる。

そして、大輔も動きを止めた。

☆　☆　☆

ツアー最終日、ヒースロー空港は雨だった。

空港内を行き交う人々、誰もが時間を気にしながら、忙しなく歩いている。

「東都ツーリスト、英国ハネムーンツアーの皆さーん、お疲れ様でしたぁ。帰りは羽田までの直行便になりますよー」

ボンヤリと辺りを眺めていた杏子の耳に、美穂の声が響き渡った。

ハッとして顔を上げると、そこには羽田空港を出発したときと同じような光景が広がっていた。ツアー客は全員がパートナーと寄り添い合い、ハネムーンの最終日を堪能しているかのようだ。

ウィンダミアでは仲違いしていた斎藤夫妻も、今は手を繋いでイチャイチャしている。

(仲直りしたんだ。新婚旅行で別れるカップルもいるっていうけど、でも、喧嘩して、仲直りして、夫婦になっていくんだろうなぁ)

杏子は小さく笑った。

そして、左手の薬指につけたままのマリッジリングをクルクルと回した——。


『でも今は、俺が決める』

昨日の朝、彼は杏子を壊すような勢いで抱き、最後の瞬間……外に放ったのだ。

それが大輔の答えだった。

あのあと、ふたりは予定から少し遅れてハイドパークに向かい、野生のリスの写真を撮って、老舗デパートのハロッズでお土産を買った。

最後の夜まで夢中になって求め合い、本物のハネムーンに負けないくらい、甘い夜をたくさん経験した。

大輔は最後まで紳士だった。

野獣のような顔を見せながらも、杏子のことを、とても大切にしてくれたと思う。

『ヒースロー空港まで送ろうか？　それとも、羽田まで一緒のほうがいいかな？』

『羽田まで？』

『飛行機運だっけ？　君にはそれがないんだろう？　万一のときのため、俺も乗ってるほうが安心かなと思って』

ロンドンでお別れじゃなくて、羽田空港まで一緒にいられるかもしれない。

そう思ったときは嬉しくて、ふたつ返事で承諾してしまったが……。

夜が明けて、杏子は大輔より早く目を覚ました。そして、彼の寝顔を見ているうちに気づいたのだ。どれだけ先に延ばしたところで、別れは必ずやって来る、と。

大輔宛てに、手紙を残してきた。

――ヒースロー空港まで、ツアーの人たちと一緒に移動すること。飛行機運はないけれど、羽田空港まで付き添ってくれなくても大丈夫だということ。一生、忘れられないハネムーンになったこと。だから、ここでお別れしたい、と。

そして、最後の最後まで悩んだ言葉がある。

『あなたのことが心から好きでした』

そう書こうとして、杏子が手紙の最後に記した言葉は——。

『ありがとうございました』だった。


「最後に降っちゃったわねぇ」

美穂はやけに残念そうに言う。今日をクリアしたら、英国ハネムーンツアーで一日も雨が降らなかった、という記録が達成できたらしい。

「すみません、晴れ女のパワーが足りなくて」

「それで？　仮の旦那様は、空港まで見送りに来てくれないの？」

ドキッとして、思わず左手を隠してしまう。

「もう、お別れしてきたんです。だって、気持ちを切り替えていかないと……。日本に戻ったら現実が待ってるわけですし」

結婚式のドタキャンから、まだ一週間あまり。

帰国したら、まず、そのことに決着をつけなくてはならない。きっと、イギリス旅行のことなど思い出している時間もないだろう。

「そうそう、仕事はどうするの？　元の職場に戻る？　それとも、本気でナース辞めちゃうつもり？」

「ナースは……辞めません」

大輔が言ってくれた、『彼らが無事だったのは君のおかげだ』『それは過小評価だよ』と。最初は、杏子に気を遣ったお世辞だとしか思えなかった。

でも彼と過ごすうちに、少しずつ、少しずつ、杏子の中に自信が芽生えた気がする。ひとりの女性として、ひとりの人間として……。

前を向いて、後悔しないように、今も、そして未来も――。

「妹と達也さんがどういう話になってるのか、それしだいですけどね。でも、元の病院には戻れないから、新しい病院を探すことになるかもしれません」

杏子は出国ゲートを通り抜ける瞬間、振り返った。

大きく息を吸い、そこに大輔が立っているつもりになって……最高の笑顔を見せたのだった。

第六章　あなたに会えた奇跡

年が明けた一月中旬――。

「杏子お姉ちゃん、お腹空いたーっ」

「あたしも！　お外寒いから、お部屋でおやつ食べたーい」

自宅の裏庭から子供たちの声が上がった。

彼らの母親は、出産のため小鳥遊産婦人科に入院している。小学生以上なら学童保育を使うこともできるが、未就学児の場合、急に預けられるところがない人も多い。そんなときは、父親が仕事から戻るまでの間、小鳥遊家で預かっていた。

入院患者が途切れることはないので、常時数人の子供たちを預かっている。裏庭には砂場やブランコなどが設置してあり、夏場にはビニールプールを出すこともあった。

これまで、杏子の母や看護師たちの中から手の空いた者が子供たちの世話をしていた。

　だがこの数ヵ月は、杏子が専任となっている。

「じゃあ、そろそろ、お庭で遊ぶ時間は終わりにしまーす！　おやつを食べたら、ママたちのお部屋に戻りますよーっ！」

「はーい！」

　今の杏子は看護師というより、まるで保育士のようだ。

　将来的にはこの家を出て、実家以外の病院で看護師として働きたいと思っている。だが今は……少なくとも一年くらいは、親に甘えるつもりだった。

　子供たちはリビングに用意されたおやつに飛びついている。

　それを見届けたあと、杏子は後片づけのため、裏庭に戻った。小さな砂場には、いくつかのスコップが置かれたままになっていた。

　彼女はゆっくりとしゃがみ込み、スコップを拾い集めていく。

　そのとき、後ろにまとめた髪が真冬の冷たい風に煽られ、目の前にはためいた。杏子はエプロンで手を拭くと、口に入りそうな髪の毛を後ろに払いのける。

（先のこともあるし……いい加減、短くしなきゃね）

　そんなことを考えながら、ふわふわのカーディガンをふっくらしたお腹の前で合わせ、「ヨイショ」と口にして立ち上がった。

　同時に、背後に誰かの視線を感じた。

杏子が振り返ろうとしたとき、

「——杏子さん」

彼女の名前を呼ぶ声に息が止まりそうになる。

（え？　まさか……そんな）

そのまま逃げ出したい衝動に駆られつつ、杏子はゆっくりと振り返った——。


杏子がイギリスから帰国したとき、当然ながら、全く決着はついていなかった。

結婚式は中止になり、披露宴は単なる食事会となって、列席者が好き勝手に噂する場所に成り果ててしまったという。

花嫁側としては花婿の不貞を追及したいが、いかんせん、不貞の相手が花嫁の妹である。ふたりが結婚する方向で話し合っているに違いない、と思っていたが……意外にも杏子の両親は、達也と舞子の関係を認めていなかった。

『仮に舞子と結婚しても、達也君に病院を任せる気はない』

父は決して達也を許そうとはせず、舞子と子供だけなら実家で面倒をみてもいい、と言ったそうだ。

達也の父親は当初、婿養子にまで出そうとしたことを引き合いに出し、医師としての出世の道を断たれたと憤っていた。だが、姉妹に手を出した責任からは逃れられないと理解すると、『自分で始末をつけろ』と投げてしまったという。

しかし、母親は……そう簡単に引き下がることはなかった。

達也の母親は、杏子が帰国するなり平謝りし始め、最初の予定どおり結婚してくれるよう頼み込んできた。

だが杏子は、

『わたしは達也さんとは結婚しません。彼と舞子の関係は、お腹の子供のことを含めて、ふたりが決めることです。後継者の件は、院長である父が決めるでしょう』

自分ができることはたったひとつ、達也との婚約を白紙に戻すことだけだと、周囲に伝えたのだった。

そんな杏子を見て達也の母親は、

『なんて冷たい人なのかしら。そもそも、あなたがご自分のことばかりで、達也さんのことを考えなかったせいでしょう？　こちらに結婚の意思はあるんですからね。婚約を破棄するというなら、きちんと責任を取っていただきますよ！』

ずいぶん勝手な言い草だろう。

だが、すべてが間違いというわけではなかった。

杏子にとって達也は、ひとりの男性である前に医師だった。彼女は常に、達也の医師としての立場を重んじ、そんな彼にふさわしい花嫁になろうとした。周りからどう思われるか、それが何より重要だったのだ。

だが、本物の愛は違う。

気になるのは愛する人の心だけ、他人の目など気にならない。親に嘘をつくことも、周囲を欺くことも、簡単にできる。理性も常識も、何もかも忘れてしまう。

愛は人を強くも弱くもする。そして愚かにもするのだ。

それに気づき、杏子は達也と舞子の関係を許した。

少なくとも、舞子の達也を求める思いに嘘はないと思ったからだ。

そんな舞子は——姉と達也の婚約が正式に解消され、押しかけ女房よろしく、達也の家に転がり込んだ。お腹が目立つようになれば、いくら達也が否定しても、他人事とは言っていられない。彼女なりにそんな計算をしたらしい。

一方、杏子だが……。

病院を辞めてしまった手前、しばらくの間、実家で働くことに決めた。ところが、その直後……杏子自身の妊娠が発覚したのである。

当たり前のように、子供の父親として達也が疑われた。

杏子も達也も否定したが、周囲の人々は——杏子はまだ達也のことを愛していて、彼を庇っているに違いない、と誤解した。

そうなれば、杏子が必死で否定すればするほど疑いを招くことになり……。

するとと達也は、自分の子供を妊娠している舞子に対して責任を取ると言い、ただちに入籍したのである。

父の許しがなかったので、婿養子ではなく、舞子が瀬戸家の嫁となった。

だがそれは、誰にも祝福されない結婚だ。最初にふたりの裏切りを知ったとき、この件でどれほど苦しい思いをしても、舞子の自業自得だと思った。

でも今の杏子には、愛することをやめられなかった舞子の気持ちが痛いほどわかる。

『ちゃんと結婚したんだから、ふたりにチャンスをあげたらどうかな？　ひとつのあやまちも犯さない人はいないと思う。達也さんが優秀な産科医なのは本当よ』

杏子のほうから、父に口添えしたのだが、

『男と女のあやまちなら、いくらでも許してやる。だがあの男は、舞子の……自分の子を堕ろせと言ったんだ。産科医として、父さんには許すことができない。奴に継がせるくらいなら、潰したほうがマシだ』

一見おとなしい人間に見えるが、父はこうと決めたら絶対に譲らない。

『でも、わたしは結婚しないから……。イギリスで出会った人と、一生に一度の恋をしたの。赤ちゃんは……わたしが欲しいって思ったから、わたしの責任だから、ひとりで産んで育てる。もう産科医のお婿さんはこないけど、本当にいいのね？』

父は杏子の親不孝を責めることなく、しばらく無言でいて、最後に笑ってくれた。

『じゃあ、おまえの腹の子が、産科医になりたいと言い出すかもしれんな。それまで、父さんが頑張るとしよう』

それは父だけでなく、母も同じだった。

てっきり、『父親は誰だ』『名前も言えない男の子供を妊娠するなんて』と、うるさく叱られるとばかり思っていたのに……。『未婚の母になりたい』という杏子の願いを、黙って受け入れてくれたのだ。

帰国して、最初に向かったのが知り合いのいない産婦人科だった。

大輔に約束したとおり、アフターピルを処方してもらい、ちゃんと服用した。でも心の内は、愛し合った思い出を自ら捨ててしまうみたいで、悲しくて……トイレに籠もって号泣していたら、危うく警察に通報されてしまうところだった。

避妊に失敗した、という理由で処方してもらったのに、杏子のあまりの嘆きように、レイプされたのではないか、と思わせてしまったようだ。

大輔とは二度と会えない。当然、彼に抱かれることもない。それなら、せめて、彼の子供が欲しかった。大輔は望んでいなかったが、二度と会えないなら、知られることはなかったかもしれない。そんな思いでいっぱいになる。

杏子が飲んだアフターピルの妊娠阻止率は約九割。

飲まなければよかった――毎日、後悔し続け、イギリスで過ごした日々を思い出しては泣き続けた杏子の身体に、奇跡の天使が舞い降りた。

「杏子さん……だよね？」

最初は空耳だと思った。

妊娠がわかってからは、できる限り悲しまないようにしている。だが、大輔との素敵な思い出だけは、頭の中でいつも反芻《はんすう》して、忘れない努力をしていた。

大輔は杏子の写真はたくさん撮ってくれた。しかし、彼自身が写ることは嫌がり、ふたりが写った写真は美穂がこっそり撮ってくれた一枚しかない。それだけは大切にして、いつかイギリスの思い出と一緒に、子供に教えるつもりだった。

だから大輔の声も、記憶のスイッチを押すだけで、ごく自然に杏子の頭の中で再生されるようになっていて……。

それなのに、振り返ったその場所に、見慣れない格好の大輔が立っていた。

英国紳士を思わせる黒のチェスターコートを着ている。その下は、パイロットの制服に違いない。気になって、何度となくアジアパシフィック航空をインターネットで検索した。

ＣＡの制服は、航空会社ごとに色やデザインが全く違うのに、パイロットの制服は区別が

つかないくらい似ているのはどうしてだろう。

そんな、この際どうでもいいようなことが頭に浮かんでくる。

「大輔さん？」

杏子が彼の名前を口にすると、大輔は眉間にシワを寄せ……残念そうに笑ったのだ。

その瞬間、彼が本物で、本当に杏子の目の前にいるのだと悟る。

二度と会えない人と再会してしまった。杏子から訪ねて行かない限り、彼女の妊娠は絶対にわからないと思っていたのに。

妊娠六ヵ月目に入ったばかり、このお腹では隠すこともできない。

彼は堕胎を望むだろうが、もう不可能な週数だ。いや、仮に強要されても、応じる気がないのだから、無意味な話だろう。

(どうして、こんなところにいるの？　まさか、妊娠してないって確認するために捜したの？　だったら……騙されたって、そう思ってるわ)

いろいろ考えるだけで、頭から血の気が引いていく。

だが、こういった事態も想定しておくべきだった。それなら、あらかじめ罵られる覚悟もできていただろう。

「やあ……元気そうで、何よりだ」

大輔が一歩前に踏み出してきた。

それに合わせて杏子の身体はビクッと震える。大輔の声は意外にも優しく聞こえたが、このまま黙り込んでいるわけにもいかない。

「え、ええ、元気です。大輔さんも、お元気そう……ですけど、少し痩せました？」

恐る恐る、彼の顔を見上げる。すると、眉間にシワを寄せているわけではなく、端整な顔の頬がこけ、苦悩的な表情に見えるだけだった。

「ああ、十キロほど落ちたかな。君は……ふくよかになったね」

「そうです、ちょっと太っちゃって、でも、十キロも増えてませんよ。それに……大輔さんとは、何も関係ありませんから」

ごまかせるわけがない。わかっていて、杏子は必死になって言い訳してしまう。

すると、大輔は額に手を当て、大きく息を吐いた。

「嘘はいい。俺の、子供が生まれる……なんてことだ」

それ以上は聞きたくなかった。

素敵な思い出が跡形もなく消されてしまう。杏子には思い出しかないのに、そう思うと、とても耐えられそうにない。

身を翻して家の中に戻ろうとしたとき、大輔はフェンスを乗り越えて裏庭に入ってきたのだった。

そして、次の瞬間——彼は地面の上に膝をつき、そのまま平伏していた。

「だ、だ、大輔さんっ!? そんなとこで、いったい何をしてるんですか？」

「すまない！　本当に申し訳ない！　君に嘘をついてしまったばかりに……全部、俺のせいだ。君の人生まで傷つけてしまって、なんて言って謝ったらいいのか、許してくれ！」

どうして、大輔のほうが謝っているのだろう？

安全日だと嘘をついた。アフターピルも飲まなかったんだろう。そんな言葉を覚悟していた杏子としては、わけがわからない。

だが、彼はその場に跪《ひざまず》いたまま、訥々《とつとつ》と語り始めたのだ。

大輔が、杏子についてしまったという嘘を——。

「……捨て子？　大輔さんが？」

「そうだ。俺の親は人殺しかもしれない、気味の悪い子供……それが俺なんだ。誰にも求められたことはないし、愛されたこともない。きっと、何かの間違いで生まれてきたんだろう。こんな血は残すべきじゃない。それなのに……」

彼は膝の上で、白くなるほど拳を握りしめている。

「そんなこと……大輔さんのせいじゃ」

「いや、俺のせいだ。君は慈愛に溢れている。大勢に祝福されて花嫁になるべき女性だとわかっていた。それなのに、どうしても……欲しかった。きっと後悔させるとわかっていて、それでも君を抱きたかったんだ！」

これはなんの告白だろう？

大輔の言葉がどこにたどり着くのか、杏子には見当もつかない。

「どうして？　そんなふうに言うの？　だって、わたしがあなたを求めたのよ？　フランクフルトでは捜し回って……マンチェスターでも空港で何時間も待ってて……わたしが、あなたを好きに……」

ただ、彼の傍にいたいと思った。

コックピットで彼の横顔を見たとき、誰にも感じたことのない〝何か〟を感じた。それは大輔の出生とは関係ない。

「言うな！　頼む……これ以上、俺に罪を犯させないでくれ。俺の身体に流れる血は汚れてるんだ。その子もきっと、自分にルーツがないと知ったら」

「馬鹿なこと言わないで！」

「全部、事実だ！　俺には、何もない。その子に、苗字すら、与えてやれない。桜の木の下で拾われたから、桜木だなんて……子供に言えるか？」

「大輔さん……」

杏子は両手で口元を押さえた。

涙が込み上げてきて、どうにも止まらない。

この日本でも、年間百人以上の子供が捨てられる。親がわからないままの子供が、そのうち約二割。

そして保護された子供は……年齢が低ければ低いほど、生存率も低くなるという。大輔が生きているのは奇跡だ。彼は、いったいどれくらいの奇跡を積み上げ、今日まで生きてきたのだろう。

「金はいくらでも払う。だからどうか、その子を捨てないでやってくれ――頼む」

彼は地面に額がつくまで下げ、呻くような声で「頼む」と繰り返した。

大輔にとってお腹の子供は、捨てられた彼自身なのだ。

このとき初めて、大輔が口にした『金で買えないものは……欲しがらないことにしてるんだ』という言葉の意味を知った。

親から当たり前のように与えられる無償の愛情――彼はそれを、お金を払ってでも手に入れようとしている。

本当はどれほど欲しかったのか、そして、どんな思いで諦めたのか。

何も知らず、お金で買えるものだと言って、マリッジリングを押しつけた自分が恥ずかしくてならない。

杏子はそのときのことを思い出しながら……あるものが目に映って、ハッとした。

そして、ゆっくりと深呼吸する。

「どうして、うちの住所がわかったんですか？」

「……調べた」

「わたしが、ちゃんとアフターピルを飲んだかどうか、気になったから？」

「まさか！　君を疑ったことなど、一度もない」

大輔の即答に、杏子はほんの少し心が和らいだ。

「じゃあ、どうしてここに？」

「それは……もう、どうでもいいことだ」

きっと、調査会社の報告を受けて、杏子の妊娠を知ったせいだろう。

彼が口にした『これ以上、俺に罪を犯させないでくれ』——杏子を妊娠させたことは、大輔にとって罪なのだ。

「本当に、安全日だったんです」

「杏子さん……本当に、君を疑ってたわけじゃ」

「いいえ、聞いて！　アフターピルもちゃんと飲んで、でも……後悔して、吐き出そうとしました。二時間以上経ってたから、そんなことしても無駄だったんですけど」

杏子も彼の前にしゃがみ込んだ。

よけいなことは何も考えず、頭に浮かんだままを言葉にする。

「妊娠する可能性はすごく低くなっちゃって……悲しくて……あなたとの約束なんて無視すればよかったって、本気で思ってて……そうしたら、奇跡が起きたんです」

「……奇跡……」

「わたしの中に、大輔さんの赤ちゃんが宿ってくれて……嬉しかった」

膨らんだお腹を、エプロンの上からそうっと撫で……大輔の顔を真っ直ぐみつめて、初めて会ったときのように微笑んだ。

「これで、あなたに会えなくても生きていける。あなたの分もこの子を愛そうって……でも、本当は……会いたかった」

杏子は笑顔のままでいようとするが、堰を切ったように涙が頬を伝う。

「あなたに、傍にいてほしかった。不安で、心細くて……どうしてあの朝、愛してるって言わなかったんだろうって。言えばよかった……本当は」

ずっと目を逸らしていたけれど、本当の気持ちは違った。

『結婚は考えなくてもいい』

『憧れのイギリスで……ロマンティックな時間を過ごす』

杏子にそんな都合のいい恋ができるはずがない。殻を破って大胆になれたのも、すべて大輔が相手だったからだと、別れるまで気づかなかった。

「手紙の最後に書きたかった言葉は……ありがとう、じゃなくて……あい」

すべてを言い終える前に――杏子は彼の腕の中に抱きしめられていた。

その一瞬で、ふたりの時間は四ヵ月前に巻き戻った。

杏子の中に、愛する人の香りに包まれて眠ったいくつもの夜が鮮やかに甦る。

「愛してる……君を愛してる……杏子さんに会いたくて、寂しくて、これ以上ひとりでいたら、俺は死んでしまう」

杏子の言いたいことを、彼が先に言ってくれた。

何度、夢に見ただろう。

大輔が杏子を捜して会いに来てくれる日のことを——。夢の中ですら、愛の告白まで願うのは贅沢《ぜいたく》だと思っていたくらいなのに。

今、大輔が目の前にいることさえ、夢なのではないかと思えてしまう。

「でも、俺が……俺なんかが、親になっていいんだろうか？　子供を捨てた……いや、殺そうとした親の血を引く俺が……」

躊躇う大輔の言葉を聞いた瞬間、杏子は彼の腕の中からすり抜けた。

涙を拭うなり、彼の手を取りすっくと立ち上がる。

「えっと……杏子、さん？」

「大輔さん、来て」

彼のようにフェンスを飛び越えるわけにはいかないので、杏子は開き戸から外に出たのだった。

そのまま、目的地へと向かってドンドン歩いていく。

平日の昼間なので人目はあるが……この際、そんなことを気にしている場合ではない。

十字路まで来て、杏子は立ち止まった。そこには『小鳥遊産婦人科』の看板が見える。

だがその看板とは反対——石神井《しゃくじい》公園《こうえん》の方向を向いて、杏子は指を差した。

「石神井公園です。冬は茶色く見えて、あんまり綺麗じゃありませんけど、でも、春には三百本以上の桜が咲いて、とっても綺麗なんですよ」

「あ、ああ……でも、俺にとって桜は……」

「あそこに、大輔さんのルーツがあります」

否定的な彼の言葉を遮るように、杏子は強い口調で話しかけた。

「ルーツ？」

「春になると日本中をピンク色に染める桜、ソメイヨシノは全部同じＤＮＡを持ったクローンって知ってました？　だから、あなたに苗字をくれた桜と、わたしが二十五年間見上げてきた桜のルーツは同じなんです」

杏子は手を伸ばして、彼の頬を左右から包み込むように挟んだ。

「いーい、大輔さん、あなたのルーツは日本中にあるの！　それはとっても、素敵なことなんです！　だから、わたしは、この子にも堂々と話しますから！」

大輔は彼女の左手に触れ……その瞬間、パッと手を放した。

彼もやっと気づいてくれたらしい。ロンドンで別れたときと同じ、杏子の指にゴールドのマリッジリングがあることを。

「君は……外さなかったのか？」

その問いに杏子はクスッと笑う。

「それって、わたしだけじゃないでしょう？」

大輔に杏子を捜そうとした理由を聞いて、自分の本当の思いを告白しよう。

そんな勇気を奮い立たせることができたのは、大輔の左手に彼女の贈ったマリッジリングがあったから……。

「君が、言ったんだ……これだけは捨てない、と。だから、俺も捨てられなかった」

杏子の指先が熱い雫に濡れていく。

その涙は、生まれたばかりの赤ん坊のような……無垢《むく》な輝きをしていた。

「一生、大切にします。お金で買えるものだけど、これをもらったときの気持ちは、絶対にお金では買えないから」

大輔は何度も息を吐き、呼吸を整えていた。

そして、どうにか笑顔らしきものを作るなり――杏子に縋りついてきたのだった。

「だ、大丈夫ですか、大輔さん？」

「死んでも口にしないと思ってきた言葉がある。でも…………生まれてきて、よかった。君に会えて……よかった。――ありがとう」

触れ合った場所から温もりが伝わってきて、ふたりの白い吐息が重なった。

☆　☆　☆

大輔が窓を開けたとき、聞こえてきたのは楽しそうな子供の声だった。

家の中を見回すと、ダイニングテーブルにはベビーチェアがセットされ、リビングのソファの横には、電動スイングのハイローベッドが置かれている。家全体に漂っている甘い香りは、ミルクの匂いだろうか。ひょっとしたら、ベビーパウダーの香りかもしれない。

彼が年初まで住んでいたのは、もう少し見晴らしのいい高台に建つ高層マンションだ。ヴィクトリア・ハーバーや九龍《きゅうりゅう》の夜景を望める絶好のポジションだったが、住人のほとんどが単身者。家族を持つことになった大輔は引っ越しを決めた。

今は、同じ香港島内、ヴィクトリア・ピークにあるファミリー向けのマンションが一家の住まいだ。近くには日本企業が経営するスーパーやコンビニ、日本人向けの飲食店の数々、さらには、ジャパニーズ・インターナショナルスクールまで揃っている。

何より、マンションには小さな子供もいる日本人家族が多く住んでいた。

こうして窓を開けると、生活感溢れる声や様々な音が飛び込んでくる。施設で暮らしていたころは、そこに人がいると思うだけで煩わしさしかなかったのに、今は懐かしさを覚えるのだから、人は変われば変わるものだ。

大輔が感慨に浸っていると、ふいに赤ん坊の泣き声が家中に広がった。

「あーはいはい、お腹空いちゃったね。もうちょっと待っててね、翼《つばさ》くん」

杏子は受話器を手にしたまま、三ヵ月前に生まれたばかりの息子、翼に声をかけている。

母親になったばかりの杏子の姿は実に魅力的で……独り占めしている息子に嫉妬してしまいそうだ。

「……あ、ごめん、こっちのこと。……わかった、わかったから。来週末でしょう？　大輔さんもお休み取ってくれてるから、ちゃんと出席します。……はい、じゃあ、お母さんにもそう言っておいてね。……はーい、じゃあね」

受話器を下ろすなり、杏子はソファに座って授乳を始める。

「電話は、お義母さんじゃなかったのか？」

「最初はね。すぐに舞子と代わって、来週末の結婚式には絶対来てね、って念を押してきたの」

「でも、お義父さんはまだ、ふたりの結婚を許してないんだろう？」

上から覗き込みながら、必死でおっぱいに吸いつく息子の頬をツンツン突いた。そのついでに、DからFにサイズアップした杏子のバストも突いてみる。

するとペシッと手を叩かれた。

「もうっ！　パパが邪魔しないの」

「おい、翼。それはパパのおっぱいなんだからな。おまえには、貸してるだけなんだぞ」

口の中でブチブチ言うと、杏子は可笑しそうに笑い始める。

「お父さんのことがあるから、わたしたちに出席してほしいのよ。——わたしと達也さんの婚約解消は合意の上、その証拠にわたしにもすでに夫と子供がいる、って」

結婚式に親戚や仕事関係者を一堂に集め、達也が舞子と浮気をして一方的に杏子を裏切ったのではなく、杏子にも大輔がいたのでお互い様、といった釈明をしたいらしい。

勝手な言い分に思えるが……。

杏子たちの——結婚式のドタキャンから数時間後に出会い、恋に落ちてハネムーン同様の時間を過ごしました、という説明も……いろいろ邪推されそうだ。

「まあ、君がいいなら、俺に反対する理由はないけどね。こいつも日本に連れて行ってやりたいし、お義母さんたちも会いたがってるだろう？」

大輔は杏子に会いに行った日のことを思い出していた——。

あの日、大輔は調査会社の報告書を手に、石神井公園近くでタクシーから降り立った。杏子と同じベッドで迎えた最後の朝――そっとベッドから抜け出し、静かに身支度を整える彼女に気づいていた。

何度、起き上がって彼女を引き留めよう、と考えたかわからない。だがそのたびに、大輔の素性を告白することで、激しく動揺する彼女を想像して恐ろしくなった。

そして、ついに杏子がスイートルームから出ていき、大輔はとてつもない喪失感に襲われたのである。

彼女に対する思いは金とは引き換えにできない。消し去ってしまいたいのにできず、望んだわけでもないのに手に入れてしまっていた。

それはごまかしようのない〝愛〟だった。

杏子を愛して、大輔は孤独を知った。ひとりで生きることが、ひとりのベッドがどれほど寂しいものか、彼は知ってしまったのだ。

だが、忘れることはできるかもしれない。

これまでどおり、誰とも関わらず、仕事漬けの日々を送ればいい。

そんな馬鹿げたチャレンジに耐えられたのは、わずか一ヵ月。大輔は日本の調査会社に『キョウコ・タカナシ』という女性の捜索を頼んだ。

年齢は二十五歳。実家が産婦人科をしており、彼女自身も看護師として働いている。言葉遣いからおそらく東京都内、そうでなくとも関東の出身に違いない。家族は両親と妹。その妹の、夫か婚約者か恋人が、産婦人科医で杏子の元婚約者だ。

わかっているのはそれくらいだが、すぐに見つかるだろう、と大輔は高《たか》を括《くく》っていた。

ところが、依頼から一ヵ月経ち、二ヵ月経ち、苛々を募らせた三ヵ月後、やっと杏子の居場所を見つけ出し、報告書を受け取った。

それには、彼にとって驚愕《きょうがく》の事実が記されていたのだ。

冷たい風が横から吹きつけてきて、大輔はおもむろに、手に持ったままだったチェスターコートを羽織った。

左右を見て番地を確認し、報告書にある住所に向かって歩く。

杏子の実家が判明するまで、三ヵ月もかかった敗因は『タカナシ』という苗字だった。多くの人が『高梨』の漢字を想像してしまったせいだ。

(小鳥が遊ぶ『タカナシ』か……盲点だったな)

ふたりで過ごした場所が日本であったなら、きっと漢字を目にする機会もあっただろう。

そのとき、住宅街の真ん中辺りで、十字路に立てられた看板に『小鳥遊産婦人科』の文字を見つけた。

それはホッとするより、『見つけてしまった』という感情……。

まさか、その三十分後、看板が立てられた十字路で、あんなラブシーンを繰り広げてしまうことになるとは――。

杏子の家に上げてもらったとき、近隣住民から看護師に連絡が入っており、当然、彼女の両親の耳にも届いたあとだった。

小鳥遊家がこの地に産婦人科を開いたのは、戦後の混乱期だという。その目的は、妊娠出産で命を落とす女性を助け、新しい時代にひとりでも多くの命を送り出すため――。

「なんでも、わたしが生まれる前に亡くなったひいおじいちゃんが軍医で、戦争から戻ってきたとき、これからは命を守る仕事がしたいって、私財を投じて産婦人科を作ったそうです。うちが貧乏なのはいい医者の証拠だって、おじいちゃん、いつも笑ってました」

杏子も笑いながら教えてくれた。

そういった理由もあって、地元民が小鳥遊家に寄せる信頼は厚い。

杏子が未婚の母になるという話も、結婚式直前の破談に加え、妹に婚約者を寝取られたショックもあって、旅先で悪い男に騙されたのだろう、と噂されていたようだ。

そこに大輔が登場したのだから、どんな噂になるか想像に難くない。

リビングで杏子の父、暁と対面したとき、彼女の生真面目さは父親譲りなのだと確信する。見るからに清廉そうな人物で、男女の違いはあるが、面差しは杏子とよく似ていた。

その点に親しみを感じたとき、

「君はどこの何者だ？　なぜ、私の家にいる？」

敵意全開の声で詰問され、大輔は息を呑んだ。

あれはバルカン砲に狙われたとき以上の恐怖だった。今思い出しても全身が竦《すく》みそうになるが、回れ右をして逃げるわけにはいかなかった。

「……初めてお目にかかります。私は、アジアパシフィック航空のパイロットで桜木大輔といいます。このたびは、突然お邪魔して申し訳ありません。杏子さん……お嬢さんには、羽田空港で親切にしていただきまして……」

就職面接のとき以上に、畏《かしこ》まった声で挨拶した。

そして、子供の父親であることを告げる前に、大輔は絨毯《じゅうたん》の上に土下座したのである。

実際のところ、人に頭を下げたことなどほとんどない。反抗する相手がいなかったせいか、子供のころから〝いい子〟で生きてきた。そんな大輔が、あの日は杏子に続いて、人生で二度目の土下座だった。

愛していながらすぐに求婚できず、会いに来るまでに四ヵ月もかかってしまった理由もすべて話した。

自分と結婚して杏子は幸せになれるのか、自分は人の親になる資格があるのか、と。

すると突然、「馬鹿者！」と一喝《いっかつ》されたのだ。

「出自を言い訳にするな。どんなにダメな親から生まれてきても、子供の魂には一点の曇りもない。今の君が汚れているなら、それは君自身の行いによるものだ」

養護施設で育ったこと、しかも棄児——親のわからない捨て子と告白して、同情でも侮蔑でもない言葉をかけられたのは初めてだった。

面食らって黙り込んだ大輔に、

「娘と孫を幸せにする自信がないと言うなら、さっさと帰りなさい」

そんな追い打ちをかけられた。

「ふたりとも、絶対に幸せにします！　小鳥遊家の後継ぎが必要なら、婿養子に入ります。俺の仕事がご不満なら……医者になります！　今からでも医大を受けて、産婦人科医を目指します!!」

大輔の爆弾発言を聞き、さすがに、杏子の両親も絶句していた。

三十代半ばで血迷っていると思われても仕方がないだろう。だが、他の何と引き換えにしてでも、金では買えないものを欲しいと声にした瞬間だった。

だが、それを聞いて、怒るように叫び始めたのが杏子だ。

「ダメです！　大輔さんは、奇跡のパイロットなのよ。戦闘機に追い回されても、命を狙われても、それでもあなたはパイロットを辞めなかった。お金も名誉も求めてないあなたから、たったひとつの天職を奪うなんて、わたしにはできません！」

「君との結婚を認めてもらえるなら、他には何もいらない」

「認めてもらえなくても、わたしは大輔さんのお嫁さんになります！　舞子だって、勝手に出ていったんだから……わたしだって」

「君はそんなことはしない。いや、しちゃいけない。ご両親の気持ちを察して、病院を継ごうと、病院を継いでくれるドクターと結婚しようと、必死に努力してきたんだろう？　そんな君が羨ましかった。俺にもし家族がいれば、きっと同じくらい必死になっただろう。だから、証明させてくれ。俺にも家族のために生きることができる、と」

「大輔さん……」

あとになって思えば、赤面するような内容だ。

だが、男の意地とか、プライドとか……泣きながら愛を告白した直後の男に、そんな建て前など必要ない。

そのとき、呆れたような声がリビングに響いたのだった。

「おい、いい加減にしないか！　私がいつ、結婚に反対だと言った？　舞子の結婚を認めてないのは、相手が娘ふたりを傷つけた、ろくでなしだからだ。——ところで、君はいくつだ？」

「はい、三十……今年、六です」

「その歳で医学生になって、妻子に苦労をかける気か？　それとも、パイロットという仕事は、家族に誇れるものじゃないのか？」

「いえ、誇りを持って……全身全霊を懸けて、五百人の命を預かっています」

「それならいい。その誇りは、大切にしなさい」

ホッとして、力が抜けたとき、杏子の母、敦子が残念そうに口を開いた。

「桜木さんってことは、日本人なのねぇ。お母さん、ちょーっと期待してたのになぁ」

「期待？　お母さんは大輔さんに不満があるの？」

「娘がイギリス旅行中に妊娠して帰ってきたのよ。当然、生まれてくる孫は、金髪で青い目のお人形さんみたいな子って思うでしょ！」

母親の一方的な期待に杏子は唖然としている。

大輔としても、なんと答えていいものか……。

「あー残念。でも、まあ、大輔さんもいい男だから、勘弁してあげるわ。それに、パイロットなら頭もいいんじゃない？　ねえ杏子、あんた、大輔さんに家族をいっぱい作ってあげなさい。それで、ひとりぐらい医者にして、うちを継ぐようにしっかり育てるのよ！」

母親の持つパワーに初めて触れ、くすぐったい気分になる大輔だった。


「なあ、杏子。結婚式、もう一回挙げるか？」

日本でのことを思い出しているうち、つい、気になったことを口にしてしまった。

ふたりの結婚式は、挨拶を済ませた一週間後――場所は練馬区内の結婚式場だった。出席してもらったのは、彼女の両親と、杏子を子供のころから知っているという看護師、助産師たち。ウエディングドレスもマタニティ用のレンタルで、すべてが急ごしらえの式だった。

杏子は嬉しそうにしていたが……。

今回、舞子が結婚式を挙げるのは、去年、杏子がドタキャンした都内のラグジュアリーホテルだ。すべてをリセットして仕切り直すのにちょうどいい、と決めたらしい。

（ったく、いい根性してるよ。自分たちがどれだけ杏子を傷つけたのか、本当にわかってるのか？）

杏子の父が出席を渋ったとき、舞子は姉に泣きついてきた。

『ごめん、ホントーにごめんね、お姉ちゃん。でも、お父さんが許してくれないと、達也さんは産婦人科の学会で、ずーっと肩身の狭い思いをすることになるの。あたしだってそうよ。瀬戸のお義母さんからひどいこと言われて……。お願い、お姉ちゃん！』

子供のころから、この『お願い、お姉ちゃん』にやられてきたらしい。だが、今回ばかりは、さすがの杏子もなかなか首を縦に振らなかった。

すると今度は、

『お姉ちゃん、ずるい！　超セレブなパイロットと結婚したんじゃない。マンションから百万ドルの夜景が見えて、うるさい姑もいなくて……すっごい幸せなくせに。あたしなんか、やっと、結婚式挙げようって、達也さんに言ってもらえたのに』

逆切れの泣き落としで攻められ、杏子も話してみると約束したのだった。

とはいえ、姉と婚約中の男を罠《わな》にかけ、妊娠を盾に横取りしたのは舞子自身だ。どれだけひどい姑がいようと、夫の出世の道が断たれようと、自己責任だろう。

『それを言ったらおしまいなんだけど……。でも、大輔さんと会えたのって、ある意味、あのふたりのおかげだから』

そう言ってニッコリ笑われたら、それもそうか、と思えてくる。

「結婚式って、たとえば舞子と同じグレードのホテルでってこと？」

「まあ、そうかな。オーダーメイドのドレスを着て、君の親戚や昔の仕事仲間、それに、妹夫婦の一家も呼んで……それでこそ、本当の意味のリセットだろう？」

舞子と達也には会ったことはないが、達也の母には会ったことがある。彼女は招かれてもいないのに、大輔たちの結婚式直前、わざわざ式場まで顔を出したのだ。

杏子の妊娠を聞いたときもやって来て、さんざん嫌みを言って帰ったという。

『杏子さんが結婚されると聞きまして、お祝いを持って参りましたの。でも、こんなみすぼらしいお式なんて……まあ、そのお腹ですものね。お気の毒に』

大輔は自分の甲斐性を疑われたことより、妊娠を揶揄されたことが我慢ならなかった。

とっさに言い返そうとしたが、杏子に止められる。

『わざわざありがとうございます。でもここには、花嫁に必要なものはすべて揃ってますので、気の毒に思っていただく必要はありません』

杏子は達也の母を真っ直ぐに見返し、莞爾《かんじ》として笑った。

その笑顔は凜々しくて美しかったが、大輔の胸に小さな後悔を残した。

「大輔さん、ひょっとして……結婚式で達也さんのお母さんに言われたこと、まだ気にしてるの?」

「そりゃ気にするだろう?」

杏子から翼を受け取り、大輔は彼女の隣に座った。

だいぶ慣れた手つきで縦に抱っこして、背中を撫でるようにトントンと叩く。翼はケフッと小さくげっぷして、満足そうに笑った。

杏子のほうもシャツのボタンを留めながら、可笑しそうに吹き出した。

「やだ、今はちゃんとパイロットだってご存じよ。第一、うちの母がお礼のお返しにってわざわざ出向いて、大輔さんのこと自慢しまくったんですって」

「そ、それはありがたいんだが……俺じゃなくて、君のことだ」

「わたし?」

「親戚や勤めていた病院の関係者に、達也との婚約中から俺と関係してたって、そう言いふらされたんだろう?」

先に浮気をしたのは杏子のほうだった。達也はそのことを知り、慰めてくれた舞子と間違いを犯してしまっただけだ。すべての罪を達也たちに押しつけ、浮気相手と婚前旅行に出かけ、挙げ句に妊娠した。自分の不貞をごまかすため、みっともない嘘までついている。

というのが、達也の母の言い分だった。

大輔にはそれが許せず、彼女の名誉を回復しなければ気が済まない。

不機嫌そうな大輔とは逆に、翼はご機嫌な顔でパパの耳を引っ張り始めた。首が据わって世界が広がったのか、気になるものには片っ端から触ろうとする。

杏子とこの腕の中の小さな命は、大輔にとってかけがえのない家族だ。

ふたりを傷つけようとする者は絶対に許せない。

「ねえ、大輔さん」

名前を呼ばれて返事をしようとしたとき、ふいに彼女は手を伸ばし、大輔と翼を一緒に抱きしめたのだ。

「真っ白なウエディングドレスを着て、大好きな人のお嫁さんになりたい……だったかな？　わたしが小学一年生のときの夢。でね、達也さんとの結婚式は、ホテルもドレスもブライズルームもすっごくゴージャスで、でも……夢が叶ったたって思えなかった」

「杏子？」

「ウエディングドレスがレンタルでも、お腹に大好きな人の赤ちゃんがいて……祭壇の前に立つあなたを見たとき、幸せで、嬉しくて……あのとき、わたしの夢は叶ったのよ」

杏子は最高の笑顔で、大輔の頬にキスした。

「あんなに素敵な結婚式だったのに……大輔さんには、何か足りなかった？」

大輔は小さく首を振ると、

「いや、俺たちの結婚式は完璧だった」

そう答えて、今度は彼のほうから杏子に口づける。

唇から熱が生まれ、少しずつ身体に燃え移っていく。ふたりの間に通じる〝何か〟に突き動かされ、キスはしだいに深まっていき……。

可愛い天使が抗議の声を上げるまで、情熱的なキスは続いたのだった。

エピローグ

妹の結婚式を終え、杏子が連れて行かれたのは……。

なんと最上階のスイートルーム、このホテルで最高級の部屋だった。

『大丈夫よ、翼くんは母さんが預かってあげる。舞子のとこの美優《みゆ》ちゃんも一緒にね。あんたのとこだって新婚さんなんだから、ほら、夫婦で楽しんできなさい！』

そう言って杏子の両親は、三ヵ月も違わないふたりの孫を連れて引き揚げていった。

ベテランの産科医と助産師、そして実家に戻ると大勢の看護師がいる。杏子がひとりで面倒をみているより、よほど安全な状況だろう。

それに母の言うとおり、杏子たちも新婚に間違いなかった。

「でも、大輔さんたら……ここまで、達也さんと張り合わなくてもよかったのに」

杏子は少しだけ呆れた声で呟く。

本日の主役である舞子たちは、ここより二階下にあるジュニアスイートに泊まっているはずだ。明日の朝にはハネムーンに出かける予定だと聞く。行き先はニューカレドニア。今になって思えば、達也はよっぽど行きたかったのだろう。

「別に張り合ってるわけじゃない。ひと足早く済ませたハネムーンを思い出すためにも、スイートルームを取っただけさ」

たしかに、イギリスではどこに行ってもスイートルームを取ってくれた。

そのすべての部屋で楽しんだことを思い出し、大輔が計画してくれたサプライズに杏子の身体は火照ってくる。

「わたしも、張り合うつもりはないんだけど……でも、今日の結婚式、フロックコート姿の花婿より、ブラックスーツのあなたのほうが百万倍も素敵だった」

杏子は思わせぶりに微笑みながら、大輔のネクタイに手を伸ばした。

スルッとほどいたあと、上から順にボタンを外していく。

「俺も、言い忘れたことがある。お色直しを三回した花嫁より、黒いカクテルドレス姿の君に目が釘づけだった。ああ、俺だけじゃないよ。新郎を含む、男たち全員の視線がね」

耳元でささやかれ、杏子はドキンとした。

黒のロング丈のドレスにベージュのボレロ、髪もアップにして、できる限り目立たないよう装ったつもりだが……。

そもそも、今回の結婚式の目的は、達也の評判回復のため、だった。達也の母はせっせと杏子夫婦の悪口を言いふらし、それを真に受けている人たちも大勢いたようだ。その人たちの声を大輔が聞いていたら、きっと不快に思ったことだろう。

「やっぱり、いろいろ注目浴びちゃってた？　嫌な思いをさせてたら、ごめんなさい」

杏子は、はだけたシャツの間から彼の素肌に触れ、筋肉で覆われた分厚い胸にそっと口づける。

そのとき、大輔の手が彼女の髪を撫で……はらりと落ちた髪が肩を覆った。

「まさか！　君の元同僚たちが言ってたよ。一年前より、今の君のほうが光り輝いてて幸せそうだってさ。そのせいか、花婿もやけに攻撃的だったな」

大輔が可笑しそうに言うので、杏子も思い出した。

達也は今日、初めて大輔と顔を合わせるなり、いきなり喧嘩を売り始めたのだ。

『妊娠なんて罠を張られたら、男は降参するしかありませんよね。でも、キスもぎこちない杏子じゃ、ベッドも退屈でしょう？　ああ、パイロットならフライト先で遊び放題か』

杏子は真っ青になったが、大輔は違った。

『なるほど、君は罠にはめられたわけだ。それに、杏子が退屈だって？　ああ、失礼。私は杏子と愛し合って、初めて……紳士のたしなみを忘れてしまったんだ。もう、彼女なしでは生きられない。君には感謝してるよ、ありがとう、どうぞお幸せに』

大輔から満面の笑みで握手を返された達也は、頬を引き攣《ひつ》らせていた。

「あんまり苛めないであげてね。一応、義弟になったわけだし」

「君が庇うならもっと苛めてやる」

「大輔さ……」

ボレロを脱がしたあと、ドレスのファスナーを下ろしながら、大輔は真剣な声で言い返してくる。

そのままキスされ、杏子は反論さえ阻まれた。

あっという間にブラジャーとショーツ、ガーターストッキングだけの格好にされる。

「綺麗だ。この身体を拝むことなく、目先の女に走るなんて……馬鹿な真似をしたもんだ」

称賛されて悪い気はしない。だが、その『目先の女』が妹となると、手放しで喜ぶわけにもいかないだろう。

杏子は曖昧に笑ったあと、手を伸ばして大輔のズボンの前を寛がせた。

彼はいつの間にか上半身裸になっており、足元に落ちたズボンをつま先から払いながら、杏子を抱き上げたのだった。

ふたりはキスしながらベッドルームに向かう。

杏子は大輔の首に腕を回しつつ、両脚を彼の腰に巻きつけた。

そして……ふたりはもつれ合うようにして、キングサイズのベッドに飛び込んだのだった。

肌触りのいいシーツの上を転がりながら、大輔の唇が杏子の素肌をなぞる。

彼の唇がブラジャーをずらし、以前よりボリュームアップした胸に吸いつき、その先端を口に含んだ。

「ママのおっぱいを吸ったのは初めての経験だ」

大輔は楽しそうに笑っている。

「翼くんの分まで飲んじゃダメよ」

「わかってるよ。でも……あまり美味しいもんじゃないな」

「もうっ！」

杏子がクスクス笑い始めると、彼は手を伸ばしてショーツを引きずり下ろしてきた。

「ひょっとして、セクシーな下着は今夜のため？」

レースのショーツもガーターベルトも、イギリス旅行以来だ。赤ん坊がお腹にいるときは、とても入らなかったし、生まれたあとはそれどころではなかった。

「今夜のためっていうか……大輔さんに、エッチな気分になってほしくて」

「それはよかった。今、どれくらいエッチな気分になってるか……知りたいかい？」

言いながら、彼は杏子の太ももに硬くなった部分を押し当ててきた。

それは恥ずかしくて、でも嬉しくて……杏子は指先を伸ばし、彼のボクサーパンツを少しだけずらした。

飛び出してきた彼自身に、杏子は優しく触れてみる。

「やだ、すごい。大輔さんが、エッチだから？　それとも」

「君が魅力的だから……というだけじゃなくて、何より、愛する君を腕に抱いてるから」

唇が重なり、ふたりの躰もピタリと重なった。緩やかな動きで昂りは彼女の奥へと進み、膣内《なか》を押し広げていく。

ベッドのスプリングが大きく弾み、ふたりは同じリズムを刻んだ。

「わたし……わたしも、大好き。愛してる……とっても、愛してるの」

「俺も、愛してる。君と翼が俺のルーツで、生きた証だ。ああ、ごめん……久しぶりだから、紳士のたしなみを忘れたようだ」

「紳士じゃなくても、だーい好き」

杏子は腕の中にある至福をしっかりと抱きしめたのだった――。


～fin～

あとがき

こんにちは、御堂志生《みどうしき》です。

本作のヒーローはパイロット。個人的には三作目で、どんだけ好きなんだよ、と言われそうですが……はい、制服も含めて大好きです！　パイロットといえば、やっぱり緊急着陸のシーンが欠かせませんよねぇ（笑）。今回も思いきり、力を入れて書かせていただきました。ヒロインがナースなのはそのため、なんてことじゃありませんからっ（汗）。

イラストはいつもお世話になっております、辰巳仁《たつみじん》先生♡

今回の口絵は過去最高にセクシーですよ。ええ、肌色率といいますか……下着の脱がせ加減（?）とのバランスが絶妙です。辰巳先生、ありがとうございました!!

あと、コックピットシーンが二枚もあるんですよ……御堂の好みに合わせて挿絵箇所に選んでくださった（↑いや、違うだろう）担当様にも感謝です。

いつも応援してくださる読者様、ファンレターやメッセージに励まされております。

いろいろ相談に乗ってくれるお友達、刊行に尽力してくださる関係者の皆様、大切な家族にも……皆様のおかげでまた一冊出していただけました。本当にありがとうございます。

最後に、この本を手に取ってくださった〝あなた〟に、心からの感謝を込めて。またどこかでお目に掛かれますように――。

御堂志生

ありがとうございます！
クリーニングに出す制服を
奥様とお子様で楽しそうに
ちょっと着てたりすると
かわいいですよね！
制服はいいものです！
辰巳 仁
じ〜ん…

Opal

身《み》代《が》わりハネムーン

オパール文庫をお買い上げいただき、ありがとうございます。
この作品を読んでのご意見・ご感想をお待ちしております。

ファンレターの宛先
〒102-0072　東京都千代田区飯田橋3-3-1
プランタン出版　オパール文庫編集部気付
御堂志生先生係／辰巳 仁先生係

オパール文庫＆ティアラ文庫Webサイト『L'ecrin《レクラン》』
http://www.l-ecrin.jp/

著　者――**御堂志生**(みどう しき)
挿　絵――**辰巳 仁**(たつみ じん)
発　行――**プランタン出版**
発　売――**フランス書院**
〒102-0072　東京都千代田区飯田橋3-3-1
電話(営業)03-5226-5744
　　(編集)03-5226-5742
印　刷――誠宏印刷
製　本――若林製本工場

ISBN978-4-8296-8358-3 C0193